《百美宾川史诗》，像一个诗人走遍宾川大地上的人文锦绣长卷，展现了宏大壮丽的地理版图。它像天上的云彩，布满了边疆区域的每一条河流，每一个村庄，每一座高山，每一个峡谷，书中传唱着人文风俗的历史。这是一部正上演的诗剧。诗人茶山青倾尽全力，书写了一部时间的史诗，是一部具有诗歌美且底蕴深厚的辞典。这部长篇史诗也是诗人对自然人文和历史的深情吟诵。

——海男

　　像《百美宾川史诗》这样系统而全面地对一个县进行全方位书写的作品，以我视野所及，还未有其他类似的集子。

　　它涉及地方的历史、文化、人物和社会发展等各个方面，可以说是一种新的诗歌模式。它将一个地方的历史、现实、风景、人文以诗歌的形式系统地、整体性地呈现出来，使其成为一部具有跨文化意义的文学作品，在诗集的立意上可谓独树一帜。

　　它以其独特的谋篇布局和内容，成为一部立足于宾川历史与文化的诗篇，是一个县的过去和现实的地理与精神风貌的诗意展现。这样的创作，不仅在诗歌的层面上有文学价值，还在文化传承与教育方面有着深远的意义。它不仅有可能成为一部重要诗歌作品，一部具有文学价值与社会意义的作品。

它让我们看到，诗歌不仅可以是个人情感的抒发与自然景色的描绘，还可以成为地方历史与文化的有力载体，成为连接过去与未来、地方与世界的桥梁。这部作品的出现，既是对云南地方文化的传承与弘扬，也是对现代诗歌创作的一次新的尝试与拓展。

它通过诗歌这一独特的艺术形式，创造了一个超越历史与现实的文学宾川，使得这个地方不仅在地理上得以存在，而且在文学中获得了永恒的生命。

——杨克，著名诗人，一级作家，中国作家协会主席团委员、中国诗歌学会会长

百美宾川史诗

茶山青 著

云南人民出版社

图书在版编目（CIP）数据

百美宾川史诗 / 茶山青著. -- 昆明：云南人民出版社，2024.12. -- ISBN 978-7-222-22980-8

Ⅰ.I227

中国国家版本馆 CIP 数据核字第 2025YQ2659 号

责任编辑：刘　焰
助理编辑：李明珠
封面图片摄影：吴斌袁
封面设计：朱　月
责任校对：李奕扬
责任印刷：窦雪松

百美宾川史诗

BAIMEI BINCHUAN SHISHI

茶山青◎著

出　版	云南人民出版社
发　行	云南人民出版社
社　址	昆明市环城西路 609 号
邮　编	650034
网　址	www.ynpph.com.cn
E-mail	ynrms@sina.com
开　本	720mm×1010mm　1/16
印　张	18.75
字　数	180 千
版　次	2024 年 12 月第 1 版第 1 次印刷
印　刷	云南优创印刷有限公司
书　号	ISBN 978-7-222-22980-8
定　价	96.00 元

云南人民出版社微信公众号

如需购买图书，反馈意见，请与我社联系。
图书发行电话：0871-64107659

独特的视角　灵动的文字

——茶山青《百美宾川史诗》惊鸿一瞥

纳张元

第一时间读到茶山青的诗集《百美宾川史诗》，感慨良多。茶山青在诗中表达了积极参与社会脉动的诉求和真诚书写历史本质的迫切愿望。他的艺术感觉敏锐、感情真挚、气脉贯通、诗思深沉。诗歌始终是他关注历史、关注现实、关注生活的一种可行的表达方式。据他自己说："《百美宾川史诗》写作，除零星几首外，从 2023 年 4 月初产生想法并陆续动手开始，到 8 月 26 日收笔，历时四个月不足几天。"在如此短的时间之内写就一部包括卷首、卷尾在内共十三卷一百四十六首诗的作品，可谓文思泉涌，一气呵成。全书从头到尾，始终一个整体，是一首长诗，又是灵活分卷设块布展、重点亮点突出的一首首独立的小诗。这些节奏铿锵、激情饱满的诗篇来自诗人有序的意象化表达，以及他大写不一样的"宾川"的历史理性与文化家园意识。

《百美宾川史诗》与《大理不止风花雪月》一脉相承，显示出鲜明的艺术个性和自觉的创新精神。史诗以家常的方式传递着朴素真挚、明朗豁达的平民精神，更近于乐府民歌"感于哀乐，缘事而发"的现实主义诗歌创作传统。内容上，尊重历史事实和现实真情，不瞎编乱造或华而不实，不说不沾边不靠谱的话，所述之事都有据可查，通过对平川、大营、乔甸、拉乌、宾居等地多角度、多层面、立体性、全方位的展示，潜藏着诗人的情感历程和审美追求，表现出历史维度的真实和哲学意味的反思。结构上，将史志谋篇布局运用到整部诗的创作上，横排宾川八镇两乡，纵向书写各镇各乡的历史和现实、风景和风情，符合宾川历史发展脉络，极富内涵和韵致。卷首"宾川印象"以点带面，卷尾"宾川恋情"拾遗补阙，都是侧重全局性的几件大事要事。卷内八镇两乡十一卷（其中全县政治经济文化中心金牛镇设上、下两卷)逐一展开,遵照历史渊源、历史发展脉络和现实影响等情况相继排列,展开展示。语言上,通俗易懂、鲜活生动,且有着丰沛的诗意,富有节奏感和音乐美。

建构不一样的"宾川"

茶山青以"宾川"为文学根据地,凭借开放多元的结构从不同角度展示了对宾川始终不渝的眷恋之情,写出了犄角旮旯的风土人情,勾勒出柴米油盐的生活场景,寄寓对鲜活而野性的民间的深切体验和诸多感慨。《人生百味,我多一味朱苦拉》《由来已久的宾川恋情》《平川有个温暖寒夜的词条》等诗歌都表达出对这一方水土的深情,不是凌空蹈虚的高声呼喊,不是直抒胸臆的淋漓宣泄,而是通过自我情感的抒发和对生命意义的追问,以"呈于象,感于目,会于心"的方式生动还原了民间的真实质感,传递了新鲜的风土人情与生命情调,从而把一方真实可感的生存之地凸显于世人眼前。《五月宾川县城红红诗意烂漫》《冬天去宾川采摘情人果》《给鸡足山写诗,笔悬空中》等诗歌充满着"在场"的经验和熔铸生命的体验,表现出一种独特的文化归属感,简约、本色的描述中蕴蓄着丰富悠长的边地韵味和民间风情,它意味着共享经验与记忆,共享某种特殊的地方意识与情感空间。

宾川的山川风情饱蘸着诗人的审美情感,成为一种有意味的形式,是诗人个体生活经验和情感体验的审美升华。"有阳光无阳光/全是金黄金黄的,个个变了种/改了名,叫椪柑/叫沃柑、叫蜜橘叫金橘/谁见谁喜爱,见谁,都亲热/满坝子一团的热气/谁见都想摘,都想咬一口/摘了摘了咬了咬了/满嘴甜蜜水,满心甜蜜汁/满眼都是甜蜜的山坳甜蜜的海……宾居龙口村海子田老兵/火头鸡自然村的阿斌/是民间高手,会种两块地/在田里种橘在心里种文字/年年有收成。"(《冬月大白天去宾居看见星星》)意象纷呈,笔法多姿,为一切神奇、健康的生命而歌。经过诗性重构,自然物象成为诗人心境的投影,来源于客观物象的感发,也来源于灵魂的吐纳。"观过东方日出 观过南天彩云/观过北方远处玉龙雪山/转身向西,面对近在眼前的苍山洱海。"(《金顶上看别样苍山洱海》)诗人把内心无形的情感和精神状态赋予有形的客观对应物,以上下四方、俯仰天地的方式，实现了用有形表达无形、有限传达无限、瞬间抓住永恒的诗美范式。正如美国诗人庞德所言："诗要具体，避免抽象。一个意象要在瞬间呈现给人们一个感情和理智的综合体。因此，是经过作者心灵化了的物象。""做鸡足山下一朵花/等有朝一日/开在佛前，飞落佛手/在佛光里/微笑千年，新鲜千年。"（《最美的愿，做佛手上的花》）以饱满的感性形象渗透幽微的哲理思考，赋予了鸡足山灵动的生命和神性的光彩，自然天成而韵味悠然。这是诗人同天地宇宙对话的结果，是智慧和感悟的结合。情与理的交融如霓虹一般的流光溢彩，明灭闪烁在字里行间。

创作不一样的"史诗"

史诗的真正价值不在于对地域历史文化现象的展示，而在于对潜藏于文化现象背后的历史文化精神的关注与揭示。著名诗人杨炼在《智力的空间》中说过："历史是一种积淀的现实。文化是精神领域折射的现实，它们永远与我们的存在交织在一起。"《百美宾川史诗》是一种现代抒情史诗，不同于《荷马史诗》那样气势恢宏，包罗万象，以再现一个民族之历史形成和生活全貌为宏旨的纯叙事性的鸿篇巨制。诗人采用复合性的时空内结构来强化诗歌的空间感，忠实于历史的主观再造，而非主观创造。历史的延续性呈现为时空交错的立体交叉结构，"史性"与"诗性"便有机地融合在一起。"大营""州城""力角""乔甸"等既是地名，也是专辑名，它们被赋予了丰富而新颖的内涵与表征，这些相互独立又相互依存的组诗，构成了一座雄伟壮观的建筑群。

诗人擅长采用宏大的叙事、宏阔的时空、全景式的画面来匹配史诗深远的思想、重大的题材、丰富的内涵和庄严的气质。《进出四千年前白羊部落》《大王庙里你我见大王》《摆在宾居街上的几件古董》等诗篇将神话传说、历史典故等进行现代改写与创造性转换，借助奇异的想象追古抚今，打破时与空的隔膜。有效建构了特定时空的历史文化，形成诗史互证。诗集卷首"宾川印象"第一首诗《宾川表情，宾川心情》："亮汪汪的一轮洱海月/如白洁夫人的脸盘/姣好，漂亮/有自己的底线/金牛饮水　一条长长的纳溪河/海拔一千一百零四米/在自己营盘内/八镇两乡八百三十三个自然村……岁月深处　白羊村/四千年前的新石器溅起的火星/照亮一片夜空/岁月深处　一条驿道/三千年　骡马驮东西/东,驮着朝阳来/西,驮着明晃晃的圆月入宾居//两千年　鸡足山慈怀/是莲花朝着九天盛大开放/岁月深处　越析诏/千年以前风风光光闪亮过。"形成沧桑历史与时代变迁的壮阔书写。诗人沉潜到历史文化的根部,将地域文明发生、演进、传承的历史过程与精神历程放置在苍茫而深远的时空背景下,借助丰富的隐喻性意象和历史典故,打捞悠远、神秘、潜藏在时间深处,或被遗忘、被遮蔽的真相,从而延续历史文脉,传承文化底蕴,彰显地域特色。

诗人还擅长发现和选择那些足以寄托自己情思的富于鲜活个性的景物和具有典型意义的事件,从内在视角体验着历史文化的兴衰与变迁。《掏给杨干贞几句心窝子话》《千年以前的倩影来续情》成为特定地域文明的深层延续,让我们触摸历史余温的同时反思现实、追问自我,具有历史和现实双重意义。著名史诗学者朝戈金认为:"史诗的意义远远超越了史诗叙事语词所传递的直接信息,它与群体认同、社会核心价值、行为规范和象征结构等许多史诗文本之外的传统意蕴密切关联。""赵姓、张姓、杨姓三支/紧紧抱成一团/在青山翠林绿水之间/抱成一个叫莿村的千年村……二十余座寺庙、祠堂/牌坊、戏台,上千民居/老到骨子的土木结构/白族祖先的不朽风貌。"(《千百年来不朽的莿村风貌》)在丰富的诗性联想中渲染古老神圣的文化氛围。以意象的跃动改变线性流动所带来的平面感,中断过程的连续性。寺庙、祠堂、牌坊、戏台等意象彼此错落有致,富于时间的延续性和空间的纵深感。

赓续不一样的"红色血脉"

习近平总书记多次强调,要"把红色资源利用好、把红色传统发扬好、把红色基因传承好"。红色基因是新时代中国共产党领导人民从容应对各种复杂风险挑战乃至惊涛骇浪的宝贵精神财富,反映了中国人独特的情感态度、思维方式和价值取向,有着重要的历史价值和时代价值。《百美宾川史诗》中有大量充满了革命的爱国主义豪情、现实主义真情和浪漫主义激情的红色诗篇,表现出诗人自觉担当传承红色基因、赓续红色血脉的社会使命感。单是"州城"一卷中就有《六之四十二岁少年当红军》《向北,给没回家的红军鞠躬》《掩护下来的红军标语》等众多红色诗篇，体现出一种慷慨激昂的壮烈情怀和刚健雄浑的艺术风格。这些红色诗篇立足于一方水土，肩负着建构主流话语及其价值体系的使命，高频使用排比、复沓、呼告等表现手法，以狂飙突进式的抒情气势和直抒胸臆的抒情方式，于气势磅礴中抒发激越的革命情怀，是革命现实主义和浪漫主义相结合的产物，为人民群众树立正确的党史观提供了历史依据。

激越的文字，四射的激情带给读者崇高人格精神的震撼，内蕴一股刚健挺拔、百折不回的志气，鼓荡于字里行间。"有一堵墙，摸着它会暗暗叫疼 / 只要是摸着伤口 / 只要你知道那段历史就心有灵犀 / 那些伤口，是枪弹孔 / 是一场激烈交战留下的证据。"(《给红军挡过子弹的一堵民房大墙》)在诗人豪迈苍劲的话语建构中，死亡、苦难带给人们的阴影荡然无存。一种来自民族文化深层的阳刚之美昂扬在丰富多彩的意象组构中。个体的悲壮美与整体的崇高美融为一体，然后以冷峻的意象刻写在读者面前。"癸卯年二月初一去新庄子 / 见红色基因大气象 / 热血沸腾的心，不死 / 心上就有不泯灭的深刻印象。"(《新庄新气象》)抒写的是阶级的情感，传达的是民众的意志，张扬的是政党的情绪，抒情主体不是"我"，而是"我们"，抒情向度是"不限于抒个人的情"，而"要抒时代的情，抒大众的情"。这是革命理想的表达，是胜利豪情的放歌，是"不忘初心、牢记使命"的宣言，是为人民不懈奋斗的号角。一种昂扬豪迈的浪漫情怀在诗中表露无遗，风骨劲健中闪耀着绚丽光辉的壮美。

在理想沉沦、价值破碎、世事迷惘和诗性消解的当下社会，文学疲软无力，甚至走向边缘，有创作长篇史诗的冲动就足以让人肃然起敬。茶山青的《百美宾川史诗》充分生活化、地域化、史诗化、革命化，洋溢着这一方水土特有的历史之厚重与人情之美好。无论是虚写历史，还是实写当下，都昂扬着一股阳刚之气、豪雄之美，为当代白话史诗的书写开辟了一种新的可能。既有地域色彩，又超越了地域限制。既有"史"的内涵，追求宏大叙事和崇高品格，真实而深刻地反映历史和现实，且上升到一定的哲理高度；又有"诗"的技艺，采用"历史与现实相互贯通"的结构方法，表现为一种粗犷、激荡、刚健、雄浑的特征。诗人能宏观把握历史文化、时代精神，并将之表现在具体的生活方式、风俗人情、地域环境的描写中，智性与感性交织，具象与抽象叠印，折射出诗人对特定地域的文化洞察和哲理思考。尽管大众化和平实化的追求背后尚有诗艺空间可以开拓，但真挚强烈的浪漫激情、跌宕起伏的节奏韵律、疏朗宏阔的诗歌意境令人心潮澎湃，并以此平衡了艺术上的直白乃至粗糙之处。

（纳张元，博士，二级教授，博士生导师，大理大学文学院院长。中国少数民族文学学会副会长，中国作家协会少数民族文学委员会委员，云南省作家协会副主席。）

目 录

绪言　宾川印象

宾川表情，宾川心情　　　　　　　　003
宾川在打一张大牌　　　　　　　　　006
山那边一马平川三地方　　　　　　　008
青山绿洲上的王者　　　　　　　　　010

卷一　鸡足山

给鸡足山写诗，笔悬空中　　　　　　015
睹光，披上彩霞回乡　　　　　　　　016
金顶上看别样苍山洱海　　　　　　　018
高高的天柱峰　高高的华首门　　　　020
幸遇华首门前念佛鸟　　　　　　　　021
上鸡足山可以辉煌两回　　　　　　　022
慈济心做慈航　目光做航线　　　　　024
不是天堂来的一朵云　　　　　　　　026
大美的林海　　　　　　　　　　　　027
玉龙瀑布飞流在眼前　　　　　　　　029
过目不忘鸡足山上的经典　　　　　　031
祝圣寺的木莲故事　　　　　　　　　033
佛塔寺佛塔无影传奇　　　　　　　　035
无影塔无影的原因　　　　　　　　　037

鸡足山上一棵著名的大树	038
鸡足山麓的莲花意境	039
把一身霞光留给鸡足山游客	040
仰望，是拇指翘起来的佛手	042
鸡足山那场灵山大会	044
稀罕一宝，鸡足山独有	045
鸡足山的岩白菜功效有些神	047
农历六月二十五日的沙址村	049

卷二　金牛镇（上）

彩凤村中一座山	053
见白羊部落遗物，见自己来源	055
白羊部落的祖先没你思想复杂	056
万丈高楼的原始起点	057
进出四千年前的白羊部落	059
宾川金牛镇牛	061
宾川城里的越析魂雕塑	063
最美的愿，做佛手上的花	065
——由宾川县城佛都路佛手雕塑想开来	065
五月宾川县城红红诗意烂漫	067
宾川城里七月杧果熟	069

卷三　金牛镇（下）

李伯藩在巴掌大的纸上作战	073
那一年李伯藩声名鹊起	075
李伯藩的业余活动	077
伴随一座高山的一群青山	079
温暖的手上的一朵花	081
借来羽毛就长翅膀就飞翔	083
众人口口相传的石榴大王	085
不领工资　也肩担一个领域	087

冬梅以及以梅为名的女子　　088
　　众人拇指上的金花　　089
　　心头担着的一块大地至此放下　　090
　　六七月，龙游宾川甜蜜大海　　091
　　黑提王，势如燎原星火　　092
　　黑提王的第二道光环　　093
　　美妙绝伦的倩影与橄榄树王　　094
　　千年以前的倩影来续情　　096
　　那女人在石板箐做滇橄榄王　　097
　　冬天去宾川采摘情人果　　098
　　玩泥巴汉子玩出大名堂　　100
　　还人间一片天清地明　　101
　　转身遇见现代化大生产　　103
　　给泥土注入灵性赋予生命　　104
　　面对县城一栋栋大楼的感觉　　105
　　长联大王磨亮王姓王牌　　107

卷四　宾居

　　相依彩云南现的乌龙坝　　111
　　解密乌龙坝　忽隐忽现的乌龙魂　　113
　　摆在宾居街上的几件古董　　114
　　循着古迹找着来　　116
　　大王庙里你我见大王　　118
　　发现大王庙会的最旺神气　　120
　　冬月大白天去宾居看见星星　　122

卷五　大营

　　深入大营街心认识赵醒吾　　127
　　大营归侨　　128
　　给这首诗压阵的大营　　130
　　千百年来不朽的莙村风貌　　132

莿村刺绣，出自神女牵过的手	134
站在莿村大地上的大神	135
莿村的正月十五	137
莿村独有的节日像起潮的河	139
莿村正月十五抢佛	141
莿村天子节尾声也动听	142
正月十五，莿村的晚餐丰盛	144
莿村的宝，是一片落地的星空	145
莿村有衔在鸟嘴里的诗	146
掏给杨干贞几句心窝子话	148

卷六 州城

州城的历史地位	151
南薰桥的一个历史片段回放	152
红军攻打州城片段	154
给红军挡过子弹的一堵民房大墙	156
掩护下来的红军标语	158
红军连破州城的两个片段	159
六之凹十二岁少年当红军	160
谁家谁去当红军，神也查不清	162
向北，给没回家的红军鞠躬	164
绝望至极出现惊喜	166
周官营李家院李家父子魂	168
山岗铺红，不止这个日子红	171

卷七 乔甸

乔甸的前世今生在飞天坡下	175
新庄那热血流传到现在来人的身上	177
去红军走过住过的地方	178
去新庄子的第一个发现	179
云南十大新闻人物之一蒲国宏	180

新庄新气象　　　　　　　　　　　　182
　　飞天坡一名的由来　　　　　　　　183
　　乔甸打出宾川海稍鱼名牌　　　　　185
　　祥云城里的霸王羊肉火锅　　　　　187
　　乔甸跟祥云一些乡村相似的活法　　189
　　地方史志绕不开史家营的史旌贤　　191

卷八　平川

　　平川骄子跑成前方一面旗　　　　　195
　　这首诗里的主角是兰妮细芝　　　　197
　　我心思深处的平川　　　　　　　　199
　　大山聚集的马花　　　　　　　　　201
　　马花的阳光与众不同　　　　　　　203
　　洪泰向着太阳照亮的地方跑　　　　205
　　抓流淌而来的时光炼金——洪泰　　207
　　有马花诗歌节，有诗不平淡　　　　209
　　平川街上的油煎黄粉　　　　　　　211
　　平川有一个温暖寒夜的词条　　　　213
　　百年水碾糯米面　　　　　　　　　215
　　人生百味，我多一味朱苦拉　　　　216

卷九　拉乌

　　从前地名叫峨溪的拉乌　　　　　　221
　　拉乌核桃与米甸核桃的关系　　　　223
　　彩云的一缕青绿流入山那边　　　　225
　　过日子是过海　　　　　　　　　　226
　　深山深夜的响声不同凡响　　　　　228
　　拉乌箐门口一场攻坚战　　　　　　229
　　见玉兰花想拉乌一名叫玉兰的女子　232
　　清朝，来凤溪出了个了不起的人　　234

卷十　钟英

　　在钟英乡遇见傈僳族同胞　　　　　　239
　　来自天子题词赐匾的乡名　　　　　　240
　　钟英，爱远嫁而来的香妃　　　　　　241
　　奇妙之香，从唐古地飘来　　　　　　243
　　阳光的种子生长出来的使者　　　　　246
　　离开一段爱发脾气的金沙江　　　　　248
　　钟英乡有块如意刮金板　　　　　　　249
　　皮厂酿的钟英小甑酒　　　　　　　　250

卷十一　力角

　　祖父嘴上喊的义交　　　　　　　　　253
　　力角猫猫山变色变美　　　　　　　　254
　　大会处的一段龙身　　　　　　　　　256
　　在力角遇上祥云老乡　　　　　　　　258
　　应邀去力角杨蓉家做客　　　　　　　259
　　刨根问底问到周能村　　　　　　　　260
　　梨花溪何洁霞一家是力角的　　　　　261

尾声　宾川恋情

　　去宾川见识洱海的一片真情　　　　　265
　　引洱入宾工程管理处的宝公祥　　　　267
　　宾川坝子的植物饮水思源　　　　　　269
　　在巧合之中从前人终点出发　　　　　270
　　近在眼前的葡萄大世界　　　　　　　272
　　那晚，见星空坠落在宾川坝　　　　　274
　　由来已久的宾川恋情　　　　　　　　276

后　记　　　　　　　　　　　　　　　278

绪言 宾川印象

宾川表情，宾川心情

或躺或坐或立　横断山脉边缘
金沙江南岸
不同的天眼见到不同形象
在下敬仰横断山脉万千峥嵘
不享受万千宠爱
倾听金沙江波浪动静
滇中引水引来前
不受金沙江调色
不受金沙江横冲直撞调遣
做过益州郡、云南郡
越析诏南诏国大理国属地
宾川州变宾川县
地位变换　热情不变　所有不变
自己有自己的胸怀
两千六百二十七平方公里
自己有自己的观点
每一个地方都是不同方向来客的东西南北
站位不同视角不同
自己有自己的高度
木香坪日出起点高
顶峰海拔三千三百二十米
鸡足山落日美
上天一颗红心由东而来
跟金顶打过照面
落下海拔三千二百四十八米

就是山那边的月
亮汪汪的一轮洱海月
如白洁夫人的脸盘
姣好，漂亮
让人看见夜洱海的碧波异常漂亮
自己有自己的底线
金牛饮水　一条长长的纳溪河
海拔一千一百零四米
当今在自己营盘内
八镇两乡八百三十三个自然村
自己有自己的画工
在自己的大地上彩绘
现有三十七万高手
大展好身手，大力延伸好前程

或远或近，或大事小事的发生
昨天以前的是历史
自己有自己的原则
小事忽略　大事铭记于灵魂深处
自己有自己的基因
古代现代英雄骨血
造就红土地　造就内在铁石
当代俊杰　不屈脊梁
岁月深处　白羊部落
四千年前的新石器溅起的火星
照亮一片夜空
岁月深处　一条驿道
三千年　骡马驮东西
东，驮着朝阳来
西，驮着明晃晃的圆月入宾居
两千年　鸡足山慈怀

是莲花朝着九天盛大开放
岁月深处　越析诏
千年以前风风光光闪亮过
岁月不远不近　州城
一九三六年四月发生大事
红军洒下热血不涸
等到日月换新天
滴滴点点就在年年开红花
等到现在天地精彩
已是国字号水果之乡
现在感觉自己强大
每一朵花都是灵魂　鲜艳绽放
遍身流光溢彩
都是感动千年　千年一个局
所有灵魂醒来　如花如喜鹊

日子是白天黑夜两面　正反板块
白天这一面翻过去
宾川就跟周边县域一个样
太阳一落　一团黑暗掉下来
山川就没高低之分
以前几支松明火把几盏油灯
融化不了浓墨夜色
现在宾川坝子四周的山
见星空掉下坝子里
几百里电网内密密麻麻　璀璨
山民住的大小村寨
也是星星喜欢来聚会的快活堂

写于2023年7月31日，载于《黄河文学》2023年第6期

宾川在打一张大牌

宾川打牌打大牌打国字号王牌
打一把中国水果之乡大牌
看过中国葡萄之乡这一张
再看原来中国柑橘之乡那一张

中国柑橘之乡那一张
宾川上手早，尝着柑橘甜头早
早在二十世纪太阳下
来到二十一世纪打成一张大牌
不幸途中遭遇病害
十万亩大牌被撕下一半
宾川另打中国葡萄之乡新牌
二〇一三年叫响
恢复中国柑橘之乡
留有一手的宾川，再次出牌
出中国柑橘之乡大牌
脱毒品牌，无病品牌
绿油油甩打在蓝天白云之下的山坡上
不挤占葡萄之乡桌面
金牛镇牛，出牌出在小河底
万亩柑橘满山坡
想一眼看尽　不腾空俯瞰
四个字，没有资格
夜晚我有天马行空之功
明人不做暗事，夜晚不去宾川

还是白天一次次去
双眼交给无人驾驶飞机
不看不知真面目啊
柑橘遍野，竖成排，横成行
遇上丘陵土脑包
柑橘棵棵变通，脑筋转弯
转出条条美丽弧线来
其中水路道路　形状
如云的根系或天的神经系统
闪亮　就一头扎入万亩柑橘的底牌上

2023年6月29日

山那边一马平川三地方

你跑千里路去品东南亚风味
我跑七八十里就能实现
不信你们跟我去
那里，从前要翻十几座山
要转九十九道弯
现在穿山过去直达　愉快
山那边一马平川
有三个地方像农村　但不全像
随你们进去一个
都会弄出几个国家的饮食
任你们喝、任你们吃
要找翻译，随便找
都找得出几个国家的翻译来

山那边三个地方在身边
你曾路过七八遍
就是没发现其中内容
总是忽视眼皮下
不惜重金抛洒舍近求远
山那边是宾来之川
川上太和、宾居、彩凤三个地方
葡萄园里　柑橘园里
生活着归国华侨
很有代表性的太和怀内
有越南、柬埔寨

缅甸、印度、印度尼西亚
马来西亚、新加坡
小树林里二对咖啡[①]
夏天跑进去的瞬间甜香凉爽

2023年3月3日

[①] 二对咖啡：店名。"二对"为"二队"的谐音，宾川原太和华侨农场二队。

青山绿洲上的王者

宾川出王，庙有大王庙
山有鸡足山，神州十大佛山
青青鸡足山代表一方
人，不止以往有英雄豪杰
现在也出现一个个王
他们各选择一山一川一角落
背负青天白云太阳
面向大地瞅准时机发力
把土石里深藏不露的青枝绿叶
藤藤蔓蔓都提出来
揪出来迎着热风摇曳招展
惹得星辰夜半下凡
潜入笑开怀的花蕊里
让宾川坝子荒野
变得有姿有色千般百味纷呈
亲，你来宾川小心点
别瞧不起戴草帽的
说不定取下半新不旧的草帽
站在你面前的就是赫赫有名的大王

你常诉说小时候日子苦
来到宾川你尝尝甜
找柑橘王爽馨软籽石榴王
葡萄黑提王，西瓜王
从以前酸酸的日子中回味甜

找橄榄王，美美巾帼
统领一山金花花
收获美滋滋翡翠情人果
乒乓球一样大小
吃一个润心润肺回甜无限
尝过甜的酸的　转身
想来点刺激的
去马花找麻王李洪泰
他跟丘北打亲家
让一些平淡生活过过麻辣瘾
冬吃火锅，吃煮牛肉片
放一勺花椒面辣子面
吃得冒大汗叫安逸，叫太爽

2023年3月17日

卷一　鸡足山

给鸡足山写诗，笔悬空中

许许多多形形色色的名山
见过爬过或听说过
提笔就写，收笔
就落纸上，高高耸立着
唯有宾川鸡足山
上过，住过，睹过　堵过光
喝过玉龙瀑布水
吃过米饭吃过林中冷菌
吃过岩白菜树胡须
写，提笔老放不下去
悬在空中，墨，欲滴不滴

你来鸡足山，爱读鸡足山上的诗
读过所有还没一首是我的
你读我也找着读
可惜还没读到像样的
要么似像非像　要么
皮毛，不解饥渴
你走我告诉你鸡足山的伟大
岂容人轻易把握
几百几千首诗，写不尽
雄、奇、幽、秀、险
况且还有教你向上向善
那内在博大精深的修心方法

写于2023年3月6日，载于《渤海风》2023年第3期

睹光，披上彩霞回乡

第一次登上鸡足山金顶
是生来第一次登上的最高峰
放牛砍柴爬过的山
都像鸡足山抛下的绿绣球
此次病愈意外出游
上到山巅，感觉是被神抬上山
头天进山擦黑擦空心树
子夜梦暖祝圣寺，寅时起身
抢在日出前到金顶
沿途不敢落伍，脚攥着脚走
你背不动的行囊我背
背不动的三岁女儿我肩头扛
怕你掉队掉在黑暗里
总感觉路两边黑乎乎大森林
像黑熊举起大巴掌
上鸡脖子弯敏感处神抬举
哈几口气黎明就站在金顶睹光台

别人睹光跟我不是一码事
我是睹一片紫光彩霞披身上
睹过东方日出睹过光
转身见楞严塔金光灿烂冲天
上前从心跳中抽得箴言
衣锦还乡是定局方向
病得崩溃的理想重新复原

心，一瞬间亮起生活的希望光芒
人，浑身来劲
内心有光，身披彩霞
高高兴兴携你踏上衣锦还乡之前程

第一次登上鸡足山，是大病初愈
登上去感觉是被神抬上山的
曾经崩溃的理想
在高高的鸡足山金顶弥合重圆
三十七年　神一样飞越千难万险
神，在我第一次上鸡足山时上了我的身
神，不是神仙之神，是上升的精神

2023年3月6日

金顶上看别样苍山洱海

觉得是鸡足山金顶托着的时候
就有这样一种感受
雄鹰一跃而起
降落在迦叶尊者举起的手上

之前在家乡西沟河有过这样的经历
一只雄鹰嗖地展翅腾空
冲上东岸百丈悬崖峭壁
落脚收翅站在突出的石尖上
开始居高临下俯视我　俯瞰天下
我啊，从此常有冲动
想哪天也立足在一座大山头上
让视野开阔目光抵达远方
让心胸大起来好容纳大千世界
想着想着，心想事成
这一天，意外地到达鸡足山之巅

观过东方日出　观过南现彩云
观过北方远处的玉龙雪山
转身向西，面对眼前的苍山和洱海
苍山不再是下关读书时的苍山
现在虽不能平起平坐
也能平等看待　不像当年唯有仰望
时值隆冬晴天的晌午
看见阳光下的苍山白雪皑皑

起起伏伏十九峰，呈现一条白龙蜿蜒

妙趣横生还有玉带云

更像另一条白龙在半山腰上奔腾

低头时洱海尽收眼底

不再是下关读书时望不到边那样

眼下洱海波澜不惊　心态平和

水面上一层轻纱般水汽缥缈蒸腾

写于2023年8月10日，载于《渤海风》2023年第3期

高高的天柱峰　高高的华首门

鸡足山天柱峰穿云阻日
绝壁上有门高千仞
大千世界称之中华第一门
这堵绝壁下你我去过
这道门你我注目过
门有门形门缝，没见开过
只有传说耳边流过
传说佛祖涅槃迦叶来
手捧佛祖金缕袈裟入门静坐
闭门等待未来佛
听信传说的感觉神秘好奇
两耳轮换着往门缝贴
努力听门内梵音
让颂咏润润心　润润肺腑
昨夜月光下有果
见华首门有人进进出出
进不去的碰壁痛哭
如来现身，指点迷津
看懂拈花一笑就看透华首门

2023年3月7日

幸遇华首门前念佛鸟

金顶之下万丈绝美万般神奇
大上午空降天籁之音
由华首门之上金顶而来
张着翅膀飞出一条弧线
亮爽明朗，声声悠扬
阿弥陀佛　阿弥陀佛
四声念过，连叫佛、佛、佛

那是生来第一次到达华首门
立足绝美神奇的地方
第一次听见神奇叫声
那一天那一刻惊呆在华首门下
呆呆地仰视着蓝蓝空中
望着望着　望见精灵
飞向你，飞向我，飞向大众
转眼一个婉转叫佛
连声叫，佛、佛、佛、佛
叫着飞向打坐的沙弥
那瞬间，沙弥口念阿弥陀佛
小精灵继续念阿弥陀佛
那瞬间，谁不一清二楚
是一只羽披灰色的山鸟
小如我们山上那小小的阳雀

2023年7月23日

上鸡足山可以辉煌两回

你一生不转弯　一条路走到黑
必然错过意外风景
还从头到尾伤痕累累
不避不让生活甩来的刀斧
虽然像流星雨一样好看
却把你整天的时间细砍碎剁
让你夜夜瘫痪不会动
时不时感觉前途无望无光
天亮出发你转个弯
即使不一定能完全改变命运
也会遇上从未见过的另一风景

快从扭得紧绷琐事中抽身
抽出一生中的两天
上滇西鸡足山住下来
让未辉煌过的自己辉煌两回
日出前金顶睹光
金顶辉煌　你也辉煌
傍晚想过最美一刻
必须把握好自己
在夕阳西下晚霞灿烂时
置身在罗汉壁与九重岩之间
罗汉壁、九重岩
本是青黑色的石崖，这时嫣红
连树带草也变色

若你这时置身其中
不仅会赞不绝口
还会神气起来
见自己仙子一样，突然烂漫辉煌

哦，忘了告诉你
那地方叫重岩返照　也叫岩回流丹

2023年8月9日

慈济心做慈航　目光做航线

别望着林中宫殿一样的群落
堂堂皇皇，庄严壮观
不想树高千丈从深根厚土上来
别到金顶忘记起点
忘记来路遥远坎坷。鸡足山
成为东南亚有名有位的一山
最初一步与慈济有关
不信都来盯着我的心口看看

看我心上装着从前水目山
装着从前鸡足山
普济庆光开山　开水目山
诏王派遣，赐锡杖
降伏大小鬼主，山河安然
慈济开山　开鸡足山
没大理国圣旨就没王权
沿着独到目光指向
徒步上山　徒手披荆斩棘
给后来者开步步向上通道
白天与狼与鸟共舞
夜晚与星月与虎豹同眠
以一片济世慈心
做慈航，以目光做航线
摆渡雾中迷途的灵魂
不管响雷个个打在面前

闪电一次次穿过体内空谷中央

宋代慈济坚持下来，元代源空
普通、本源跟上
明朝圆庆、净目、周理
无住、洪如、大错、担当上
清末虚云上，草庐朵朵变殿堂

2023年8月11日

不是天堂来的一朵云

鸡足山上有朵百年不逝的云
不是天堂里飘来的
不虚无缥缈　不变幻无常
天晴不晴都在那里
云飞云落　茫茫云天云海
就呼吸在万千云朵里
或坐，或仙风一样行走
想来一睹真容，先盯上鸡足山
静心透视，若潦潦草草
举目百次也是枉然
晴空万里可见头顶洱海风平浪静
就是看不见那一朵云
看透鸡足山看清楚随时随地
抬头见　在头上蓝天里
低头见　在林海深深浅浅处
在祝圣寺　在虚云寺
在一草一花一木一石里
在一些文字画卷里
智者见智　心有灵犀一点即通
由鸡足山通向八方十万里
由现在通向一八四〇年
至一九五九年　共一百二十年
知道此云名虚实不虚
可以写一部四十集的电视连续剧

2023年7月29日

大美的林海

天下林海中　鸡足山林海
是你我第一次出游见到的林海
大美的林海
这片林海入眼之前
只熟悉家乡下庄一座座山
在山上放过牛砍过柴割过茅草
是一山更比一山荒凉
头天爬鸡足山一路摸黑
短浅起来的目光
只见黑乎乎一团连一团
根本看不透真相
包括深夜里从祝圣寺来金顶上

你我见到鸡足山林海
是下金顶出迦叶殿，出华首门
跑过一段直道石级
进慧灯庵　出慧灯庵下山
云开雾散太阳当头
右边，光鲜林海在眼前
山坡上山坡下
千千万万树冠密密匝匝
由上至下由左至右
簇拥万丈千仞深渊
仿佛天宫一夜掉下翡翠城
填满山坡　填满山壑

白天里的碧波　光芒
向你向我公开别样浪漫　诱惑
这次见识完全改变命运
大病过一场的我
又是青春复活　蓬勃朝气

2023年3月10日

玉龙瀑布飞流在眼前

你出祝圣寺往西游走半里
有流淌声如雷贯耳
循声望去　望见玉龙瀑布　大吃一惊
雄、奇、幽、秀、险
接踵而来，在眼前轮番攻心
鸡足山几大自然现象
在玉龙瀑布这里都有体现
吃惊的还有一面
见过江西庐山秀峰瀑布
来见鸡足山玉龙瀑布
感觉如同姐妹一样相像
只不过地方不同表情诗文各不同

庐山秀峰瀑布有李白的诗
飞流直下三千尺
疑是银河落九天
这气势气象鸡足山玉龙瀑布也有
若是李白到此一游
必有相同赞叹
鸡足山玉龙瀑布有徐霞客的诗
珠玑错落九天影
冰雪翻成双壁喧
我欲倒骑玉龙背
峰巅群鹤共翩翩
鸡足山玉龙瀑布顾名思义

有龙文化龙传说

古老的滇西，龙最神秘

别说洱海　别说金沙江

只要你给一潭水

活在水边的百姓就让水里有一条龙

宾川跟丽江渊源深

就有这样一个美丽传说

饮光佛迦叶尊者

邀请丽江玉龙雪山王来共习佛法

玉龙雪山王愉快来

带着小龙女三公主来

鸡足山美景迷魂

小龙女一见钟情不回玉龙雪山

小龙女修行几千年

位居鸡足山八景之一

美丽的面容美丽的身材

隐蔽在悬崖峭壁里

只露一缕玉龙雪山雪一样的白发

银河一样的飞流，飘飞在你眼前

写于2023年8月8日，载于《渤海风》2023年第3期

过目不忘鸡足山上的经典

下了鸡足山别忙着走
给你一把神梳
将鸡足山从头梳理
自上而下看看
海拔三千二百四十八米
东西长七千米
南北宽六千米的山上
密密麻麻林间
大寺小寺四十二
庵院六十五　静室一百七
轩、亭、角、堂
坊、塔、殿，两百余
这些抢眼群体
除了楞严塔、金殿、迦叶殿
除了高高华首门
除了慧灯庵
除了祝圣寺
除了立体艺术
过目不忘的还有什么
不该像那些顽猴
又一只二只跑回山上
钻入密林茂草
又是什么也看不见　记不住

鸡足山我上上下下几轮回
现在放到心上
左一遍右一遍梳理
除了上述这些
过目不忘一副楹联：
退后一步想，能有几回来
山上楹联千百副
此联最扎心，意义十分入魂

2023年4月6日

祝圣寺的木莲故事

仰望祝圣寺的木莲实实在在
春来花开万朵粉红鲜艳
向你散发淡淡幽香叫你恋她

听祝圣寺木莲故事亦真亦幻
此木莲非同其他地方木莲
称佛圣花,护法花
金光寺和尚带回鸡足山的花
回来的百年春天里
僧人游人,年年再见木莲花

金光寺离鸡足山两三百里
建文皇帝避难云南
死,灵柩发往永平金光寺
祝圣寺木莲忽然消失
不见不是一两天
久至几百年。直至虚云传戒
消息传遍名山大川
金光寺和尚决定到鸡足山受戒
走前进入繁华梦境
见一女子自称木莲
要求和尚带她回家　回鸡足山
说,当年得到佛法
悄悄伴随帝灵到了金光寺
和尚听后恍然大悟

祖师留下的谜团不再是一个惑
怪不得，怪不得
建文皇帝灵柩到来
本没木莲的地方有木莲红白抢眼

金光寺和尚醒来满屋异香弥漫
见一株粉红色莲花
在夜色里放射着烂漫光华
他心里明白，小心翼翼带着上路
上敬仰已久的鸡足山
虚云和尚一见如故
栽，恰好栽入从前木莲之位上
虚云正式传戒吉时里
这株木莲，瞬间长蕾开花
放出华光　放出异香
求戒和尚一个个心领神会
知是木莲护法受戒，大放光华

2023年8月14日

佛塔寺佛塔无影传奇

千百个中秋夜中的一个
收走白天那些白云的嫦娥姐姐
打开圆圆天窗
给故乡放出明亮光辉
乡亲们面对圆圆亮亮的天窗喊月

这夜月下鸡足山上佛塔院内
英雄美人漫步赏月看塔
美丽的文成公主
见地上塔影如墨泼在面前
宝塔之美大打折扣
打开手上天鹅羽毛扇
对塔轻轻一扇，就扇去塔影
从此以后佛塔无影
不仅月夜还有太阳灿烂的大白天

塔是文成公主松赞干布造
她和他成婚之日
鸡足山悟明和尚前去送礼致贺
她和他感其诚意
特来建塔致谢，佛塔落成
有了月夜漫步塔院
挥手扇走塔影的千古传说传奇

鸡足山上遍布传说传奇
走进山门，心若灵通
步步都会踏着传说　踏出传奇
你看，不经意间
就踏出这心灵回响的传说传奇

2023年8月6日

无影塔无影的原因

佛塔寺里的佛塔无影
东边太阳照来它背后　西边无影
西边太阳照来
它背后　东边也没影
白天这样，圆月之夜也这样

去过佛塔寺几次
看出佛塔无影的真正原因
但我不对任何人说
说，泄漏天机，天塌下一片来
淹没人间几百几千里
已经知道天机的
都变成了蓝色汪洋里不说话的鱼

2023年8月6日

鸡足山上一棵著名的大树

鸡足山上树木挤成一团
自下而上挤,各种各类都来挤
来,棵棵献上绿意
茫茫林海有一棵最著名
是众人眼中的空心树
此树不算出类拔萃,你我见过
树因有僧修行有名
僧因树心是个道场入驻
树是数百岁的大栗树
我不跟你一般见识,树心不空
有菩萨,有僧面对
香火旺盛,云雾盘绕
烛光中,僧叠映无衣和尚
师徒一脉相承意念
跑入神秘传说。第二次见识
你见树心是个空洞
菩萨出走,僧出走
沉默的香火灰烬,长苔藓
我不跟你一般见识
闭目不闭目,树心里
菩萨还在着,僧还在着
树心我心是一心窝
心中菩萨与僧,永远禅坐着
树干高处那只树眼
如慈善之目看世间,昼夜都睁着

2023年4月3日

鸡足山麓的莲花意境

只要一进入鸡足山麓
就仿佛置身于一种前所未有的新境界
这里晚上没有黑暗
宝莲灯亮，盏盏光芒
莲池焕彩，梦入花蕊宫殿　灿然

这里昼夜清静透彻
声音，有，也是莲花开放
沙址雄鸡一唱觉醒
早睡早起听见看见莲开
林间上下左右的鸟
飞与不飞，都口吐莲花
堂内堂外的经典语录
长与不长，都是内有莲花开放
台前石头石匾石栏
动与不动，都有莲花浮现
白云白纸飘然而至
落与不落，上面也有莲花在开
莲池内莲花随时光鲜
鲜亮在黎明紫气东来里
朵朵捧着初升的太阳
莲花开放　有声有色
潜心入魂轻轻荡开一丝丝杂念

写于2023年5月19日，载于《渤海风》2023年第3期

把一身霞光留给鸡足山游客

来，带着沉重的《法华经》来
带着静闻遗骨来
带着自己一身霞光来
游览考察鸡足山
是早有筹划的一站
把《法华经》送至鸡足山
摆进悉檀寺供奉
把静闻遗骨葬入鸡足山
都是静闻最大遗愿
《法华经》，静闻刺血书写
静闻，南京迎福寺和尚
结伴而来，过湘江
不幸蒙难，撞在迎头而来的灾星上

走，把自己一身霞光留下
融入鸡足山的山魂
谁来鸡足山
把他敬奉在心灵之巅
无论什么时候
都能随处可见光焰
在金顶之上看见
睹光，迎面而来霞光万丈
在诗句中看见
《哭静闻禅侣》诗六首
深刻塔旁石碑上

霞光闪烁，幻聚幻离俱幻象
在古道上看见
林间一串足迹泛着霞光
在《鸡足山志》看见
考察过的内容入志
各门类都凝聚霞光
走，带病回江阴，画一个句号
两次上下的鸡足山
唉！竟成行游天下的最后一站

2023年5月21日

仰望，是拇指翘起来的佛手

总想给鸡足山写一两首诗
却迟迟不下笔
每一次来天气都太好
好到太晴朗太明亮
没有朦朦胧胧
弄不清是老天给力
还是佛法无边
在山门每次仰望
蓝天下鸡足山都太高大
太清秀，那高大
怀纳博大精深的智慧
根本不是写几句诗能表达的
写山上一叶一花
写不出内涵佛光
就是嫁接　似是而非
写迦叶道场，大德高僧虚云
要有满腹经纶的功底
爱清秀，写清秀
别说避重就轻，那清
清至一点凡尘不染
那秀，秀色从天而降
三千二百四十米的海拔
不忍心随便踏上去
从几十几百里赶来
避免不了一身风尘仆仆

等净身再上，时光来不及

写站在山门仰望的感觉
今天大胆告诉宾川朋友
不望，喊鸡足山
望过，眼里就是佛指山
山上白云是雪白的莲花
一朵，两朵，三朵，四朵
无穷无尽从指尖上绽放
在蓝天下升腾淡化
翘起来的拇指是金顶那佛塔

写于2022年1月23日，载于《北方文化》2022年第1期

鸡足山那场灵山大会

早知道有那样一个说法
跨进雕梁画栋、檐牙高啄的山门
就脱离浮华尘世
到达人间净土、庄严佛国
二千五百多年前的一天
佛祖释迦牟尼在此设坛讲经
上百亿天人下来
禅定在太阳下佛祖前聆听说法

既然有那样一个说法
我就有这样一个想法
满山密密麻麻的树及红红白白的花
及其树下长青不灭的草
皆是那上百亿天人的替身
不信,去问问前人
为啥进山门就小心翼翼
不砍一树不扯一花
也不踩踏任何一个地方的一棵草

2023年8月6日

稀罕一宝，鸡足山独有

这一比，许多山不低头　也愣住
它们有的鸡足山有
它们没有的，鸡足山也有
泱泱大地万水千山
九百六十万平方公里的神州
稀罕一宝，鸡足山独有
敢说海外也不会有
那些不低头愣住的山
搜遍全身掏空心窝　没有就没有

世上青山万万年　长青不老
人没有谁不会变老
从前的皇帝一个个想长生不老
派人跑蓬莱、跑天下寻找
世上没长生不老药
但是，鸡足山有稀罕一宝
你吃一回叫幸运　常吃延缓衰老
几十年过去同龄人相聚
见分晓，你还年轻
同龄人离开人生舞台
你还在跟来人高歌一曲
从前鸡足山僧人虚云
由清朝来，活过民国，活到新中国
活出一百二十春秋
鸡足山独有的一宝不苦不涩

味道特好，叫冷菌

价值远远超过松茸、羊肚菌

从前贵宾上鸡足山

僧人从密林深处捡来上桌

捡来做礼物送贵宾

现在你来沙址街、鸡足山就吃得着

2023年8月12日

鸡足山的岩白菜功效有些神

有史以来一次次发生地震
鸡足山高高的金顶,没动摇过
某些心,心中有数
迦叶尊者定力稳重
数千年里鸡足山道道笑纹
没一道发过血色洪水
我知道根本原因
鸡足山上的岩白菜止血
没一片山体滑坡
没一条箐发生泥石流
我知道根本原因
鸡足山上的岩白菜止泻
数千年风霜雨雪
鸡足山没有过风寒咳嗽
我知道根本原因
鸡足山上的岩白菜润肺,止咳

鸡足山上的岩白菜我早认识
第一次上鸡足山
跟医院的几个中医西医一起
见岩上有些野菜
开一穗穗粉红的花
在微风里向我招摇
鸡足山内容丰富
密林里有种种食用菌

遍地有中草药，路边小憩
坐下去坐着药三种
岩白菜，是生活在其中的一种

2023年8月13日

农历六月二十五日的沙址村

见过许多村寨的火把节
还是沙址的最有特色
只要你这一天专心一次
目光投入鸡足山下

这天,沙址的白族居民早起
家家焚香,遥寄思绪
坛上,屋顶上袅袅青烟
不飘向传说的鬼神
不飘向住在鸡足山上的佛
只飘向天堂里的祖先
紫气东来村间广场人气旺盛
青壮年劲往一处使
扎一把十二米高的大火把
赶在午饭前竖起来
大火把年年这天扎
堆堆小火把扎往一棵树干上
竹篾扦子按规矩扎
平年扎十二道　闰年扎十三道
道道插满青香红香
挂满塞满各种各样的糖果

这天晚上,冲天的大火把熊熊燃烧
群众围着大火把载歌载舞
直至火树烧成火堆

人们又点燃一支支小火把

纷纷飞向四面八方

你看田野深处朵朵光亮

是星星之火返回旭日心里

2023年5月14日，载于《大理文化》2024年第7期

卷二 金牛镇（上）

彩凤村中一座山

群山环抱一片平川
及其川上金牛镇，你见我见
其中彩凤村，你见我见
村内一座百年民居
土木结构　青瓦白墙的四合院
春雨落过红起来
人来人往，络绎不绝
三坊一照壁环抱着一座高山
我见，你看不见
你缺一个心眼一道灵光
看不见其中高山
看不见此山高过平川四围高山
看不见此山无限荣光
　胸口上朵朵光亮
似星似月紧紧围绕一轮太阳

其中山是赵镕将军　在我心中央
新中国开国中将
追随南昌起义　追随朱德上井冈山
血染历次反"围剿"
跟随毛泽东翻雪山、过草地
投入一次次反"扫荡"
参加过绥东战役
平津战役、太原战役
从头至尾供给

拼命用一腔热血养育革命力量

八一勋章，一级

独立自由勋章，一级

解放勋章，一级

红星功勋荣誉章，一级

我看见此山　日月星光昼夜灿烂

2023年7月4日

见白羊部落遗物,见自己来源

阳光、月光和雨水
合成一种养活生命的东西
脱壳脱下一件衣裳
内容氧化成粉末
阳光月光白粉末
在滇西高原托着的托盘内
洱海之东　金沙江之南
霜雪罕见气候炎热
土质肥沃　田地里
地窖内隐蔽了四千余年
二十世纪七十年代
村民从纳溪河东岸挖出来
让我知道祖先的生命
不全是靠狩猎摸鱼捞虾养活
出土的还有稻秆
还有牛羊猪狗遗骨
还有房屋遗迹及一些古墓
这个地方叫白羊部落
我来,目光所见一切复活
金色稻穗低头不语
猪在田头拱土觅食
牛羊在河边吃草,时不时叫
哞,哞……咩咩,咩咩……
狗在牛羊前后东奔西跑
看着看着,忽然看见自己的来源

2023年8月15日

白羊部落的祖先没你思想复杂

目光抵达白羊部落遗址出土的陶器
明白那些条纹不是密码
祖先的思想不像当下的你那般复杂
什么事都想成一团麻
绳纹划纹都普通
最有特点的点线纹和篦齿纹
是让陶器更好看点
那是祖先捕来的纳溪河的浪漫波纹

紧紧抓着目光的是些劳动工具
是大量的有特色的石刀
其中新月形穿孔石刀
最具新石器的特色　最有代表性
其中收割稻子的石镰
如古老时光打磨的一枚枚石月亮
弯弯的
仿佛看见祖辈人一双双手上的老茧
祖先生活艰辛不易
不像不种不收粮的你写诗愉快
春天秋天任何一天
不轻松，腰酸背痛手上的虎口疼
从前田地里干过活的
知道磨得月牙一样亮的铁镰
割起茅草　割起稻麦
也没飞燕快，还感觉钝
况且我们的祖先用的还是石镰

2023年8月15日

万丈高楼的原始起点

有山靠山，没山自强自立
独到之处　目光
深入白羊部落遗址文化层四米
真相一目了然
祖先落脚纳溪河东岸
没山没洞遮身
思想跟一场场大小雨交战
打出来的火花
落地一朵朵站起来
石斧剁树成柱
四根木头戴一顶草帽
不是一群草人
皆是万丈高楼的原始起点

最早出现的住房就是这样
人离开天然屏障
有大自然启迪　有创造
每一座房子不大
十来平方米，长方形
几十几百户一团结
就是一个村屯或一个部落
墙体十分简单
柱与柱之间编缀荆条
不像编排诗那样
两面涂抹草泥遮风遮身

不像文章润色那样
每一间屋中都有火塘
火塘越来越大
火塘子一大，人口就兴旺

2023年8月19日

进出四千年前的白羊部落

从李相村去白羊部落
趁那里的人还在睡
扒开一个高墩子
借出石斧、石锄
土陶罐、土陶盆
取水稻、小麦、小米的炭化种子加工
再舀来桑园河的水
连米带水放进心火上悄悄煮
煮一首成熟的诗
再采高墩子四周的野菜
炒些新鲜的诗意
给现在的白羊新村
给一直善待来宾的宾川人

由白羊部落归来
有人大惊小怪
愣种，跑去从前的白羊部落
那里的人高两米
如若惊醒过来
把你踢出长江上游地区
或拿你祭谷神
你去见过没见过
暴露的无头人
就是冒犯过他们的外敌
我哪是外敌，我笑

那说不定
也许拿石臼做帽子深戴
干栏式木垛房里
石锅焖羊肉，炭火烤羊肉

写于2022年3月27日，载于《大理日报》2022年6月13日

宾川金牛镇牛

宾川金牛镇牛不牛
它是宾川最大的坝区
云南二十六个民族
它怀抱二十一个。十余万人口
七社区，十一行政村
激活二百七十三平方公里生机

镇机关所在的县城是宾川的心脏
三十九条公路上通州府省城
下连各乡镇各村各户
纵横的街道结瓜结豆一样
结工业企业近百个
上规模的二十余个，商店上千
县政府机关县最高学府
县医院、县图书馆等等身在其中
境内纳溪河、炼洞河、白塔河
通金沙江、长江　通上海
最大的纳溪河，流程四十六公里
七八月有从金沙江游来的鱼
若觉得这些还不够牛
深入太和、彩凤社区
就听到村民会讲汉语、会讲外语
越南柬埔寨新加坡马来西亚泰国各国语言
会吃到几个国家的风味菜
出来再去白羊村西五百米处

那里有考古发掘的房屋建筑遗址
窖穴、墓葬、石器骨器陶器
炭化谷种种遗物
种种国家重点保护文物
若抵达几千年前
还会见到成群祖先
打猎，放羊，种收稻谷
若全面扫过现在八万亩田地
种植葡萄、柑橘、石榴
种植业成全国乡村特色产业十亿元镇

2023年4月26日

宾川城里的越析魂雕塑

集合各路专家创意
把回荡着不散不灭　看不见
摸不着的越析魂
捕捉上手，雕塑出来
成为杰作，立在城内广场

魂是过去的人的影响力
过去的人过去了几百年几千年
都会直钻现在人、今后人的心
流芳百世的精神亘古
亲密难舍难分
白天浮现脑海　夜晚入梦伴眠
魂是津津乐道的往事
源远流长　娓娓动听
越析诏不在魂还在
魂是宾川越析诏的
此诏是洱海周边六诏之一

公元前一百〇九年
滇划一条分水岭
岭前宾川在大滇王国怀抱内
岭后滇国一闪不见
宾川归属云南郡云南县
郡太大，县太大
年深月久，皇帝鞭长莫及

群雄起来称王图强

云南县境出现一国一诏

国是一个白子国

领域包含当今祥云弥渡

诏是越析诏,在宾川

隋唐时期

北来纳西族先民在此立都

2023年4月17日

最美的愿，做佛手上的花

——由宾川县城佛都路佛手雕塑想开来

千年来，百年来
朝山的女子
许下的万千心愿
落地这里
每个女子的许愿
都有一个是最美的
如意那一世
做鸡足山下一朵花
等有朝一日
开在佛前，飞落佛手
在佛光里
微笑千年，新鲜千年

美好心愿都有等待过
等过百年
这些年，春风一吹
香，湮没百里
每一棵树
都有花朵万千张笑脸
每一片山洼
都有花朵千万张笑脸
每一朵花
都是灼灼桃红

红透洗心桥
烂漫桃花谷桃花岛
亲爱的
这个地方你来过
有你的愿
等轮回百年或几百年
我放手的春天
佛光普照
有你花开最美那一朵
这里，不亏待你
不亏待许愿的任何人

2019年3月16日

五月宾川县城红红诗意烂漫

不知从什么时候起,每逢五月
宾川县城就忍不住火
近几年进入五月　几条街
都有一支连一支的火炬
烈焰熊熊向高空示威着走红
洱海周边十二县市独一无二
你来后说别夸张
明明是街道两旁凤凰树开花
哪有这么烂漫
诗人告诉你,心灵不同
眼里世界也就不同
接着一口气轻轻告诉你
宾川人热情,宾川是一片热土
红红热土有深色热血
目光短浅的看不出
五月里天时地利人和
地下热血跑上枝头开出花
宾川人热情
飞上一树树高枝开放心花
树花心花交融一起
几十天不飘散　红霞
高浮在一条条街道的半空中

你从前看见过凤凰花开
是我带你去渡口
现在看凤凰花，五月来宾川

2023年6月4日

宾川城里七月杧果熟

夏至太阳在川上滚过
晴日多过阴雨日
川上就是热上加热的地方
气候热，人情热
这个时候成为川上来宾
心跳滚滚在热浪里
走县城金牛路金叶路
低头不见抬头见
街道两旁一树树金杧果
走白塔路佛都路
低头不见抬头见
街道两旁一树树金杧果
走南苑路侨乡路
低头不见抬头见
街道两边一树树金杧果
都不是地摊遍街
都是成串成串悬挂在行道树上
惹得来宾很惊奇
目光落下一串叹号
叹头次见街边树上杧果熟

川上主人话锋转入三月天
大穗大穗花开树顶上
棵棵杧果树高贵

像成群仕女从悠远的岁月走来
头戴金簪凤凰金钗
列队街边，在风里半醉半醒

写于2023年7月1日，载于《大理文化》2024年第7期

卷三 金牛镇（下）

李伯藩在巴掌大的纸上作战

将士奋战在沙场，你懂
李伯藩奋战在巴掌大的张张纸上
他坐在来人对面
你看他在纸上奋笔戳画
实往人家疼处戳
来人不断，他戳画不断
十八岁上战场
六十岁告老还乡后依然不罢手
在自家院子搭个棚
继续摆开战场　继续面对来人戳
后来在自家堂屋
将士拼杀明目张胆
李伯藩不同
拼的是藏在来人身上的病魔
病魔顺水潜入血肉
顺风潜入骨节
顺着入口之食潜入五脏六腑
病魔上身发作起来
受害人日日夜夜惨遭折磨
痛苦不堪　就找李伯藩
来人都带着久治不愈的疑难杂症
来人拿他戳的方子
回家照着认真做
渐渐地消灭病魔　一身轻松
李伯藩在家开方子不收钱不卖药

八十三岁还在继续

李伯藩的事迹老天看得见

百姓和首都看得见

二〇一四年出席先进个人会议

受到总书记接见

二〇二二年四月

他，一个给人把脉的中国好人

把太阳别在胸口

不！全国五一劳动奖章

就像一轮金太阳

二〇二三年十二月

上榜月度人物是他：中国好医生

写于2023年10月18日，载于《宾川时讯》2024年5月8日

那一年李伯藩声名鹊起

根本不是骇人听闻
看一眼眼睛发绿的山水深处
有神仙摸不透的诡异
蹿出来害过性命
吃草的牛羊,被脚下腾起的雾气撂倒
南征将士赶马小哥
踏入炎炎烈日
掬绿色泉眼里的凉水喝
不是骨肉糜烂　就是被关闭了声音
二十世纪九十年代
我在一次会上见人闪撤
会后听明原因
县内米甸一村发生地方病
一家几口
大白天接二连三蹬蹬脚死去
抢救都来不及
几个医生回来一声叹息
凉飕飕一股寒风落在脊背上

近些年宾川李伯藩声名远播
想给他重彩几笔
翻出他经历的时光看究竟
竟然无独有偶
二十世纪他长大当医生
跟祥云米甸紧密相连的拉乌

有他抛洒的青春
早在一九八二年
有个半山区发生鸡山病
病情与米甸某村地方病相似
一天死去四人
还有人在发病
李伯藩出身太医世家
修得一身驱魔除怪的十八般武艺
下一锅中药祛病
很快救下十六条性命
让我感觉到
一些像花朵绿叶一样鲜活的生命坠入深渊
他飞身而去捧住
很快，李伯藩在宾川声名鹊起

注：水有源头树有根，医生李伯藩的事迹有根源。1939年宾川县内发生霍乱，其父李子宽同医馆伙计查阅医学书籍，琢磨研究，拿出救治方法。煎制大锅药给百姓服用，组建医治队进村入户动员患者隔离治疗，发动人们打扫卫生泼洒石灰水杀菌……1940年初扑灭县内霍乱。

写于2023年10月18日，载于《宾川时讯》2024年5月8日

李伯藩的业余活动

　　神！七八十岁的李伯藩
　　夕阳涂红脸庞
　　月光漂白头顶
　　白天把过的几十条脉
　　我看非同一般
　　是条条起伏的山脉河流
　　开出的几十张方子
　　如神话里的符章
　　驱赶病魔　解除痛苦
　　灵！晚上回家
　　神！入门总有电话铃声
　　仿佛双脚踏响
　　又仿佛是对方心有灵犀

　　李伯藩拿起的话筒
　　沉！这头是宾川　是中国云南
　　那头是外县
　　外州，外省，是大江南北
　　有时是那边白天
　　是美国、新加坡、泰国
　　缅甸、越南、印度
　　是中国台湾、香港地区的同胞
　　他一句句听进心里
　　他一声声问到对方命脉
　　再把心里抓来的药

缓解对方的苦痛
丁零零，丁零零
铃声吵醒李伯藩
开灯抬头看墙上挂钟
是凌晨一点四十分
这一回接的电话
正是白天里的美国旧金山

写于2023年10月19日，载于《宾川时讯》2024年5月8日

伴随一座高山的一群青山

那片山川起伏的老地方
两年前去，面向的一座高山
头顶皑皑白雪
雪域之下大溪小溪流淌
不存在不爽不快
现在去，高山不再是孤山
郁郁葱葱一群小山
相依相伴前后左右
大有一种成群的凝聚的力量
这不是说梦话
是两年前面对宾川医生
李伯藩个人形象
和现在有所不同的集体形象
——他和他的弟子们
义诊，每天面对五十人
八十有三的李伯藩
不再是从早到晚孤军作战
更让我看到远景
驱除潜入条条性命之内暗鬼
——疑难杂症
李伯藩的独到之功
已有传承
群山一样的芸芸众生尽可放心

跟着李伯藩学医的弟子们
带着现代工具
人手掌握一块小小的天
边听边看师傅诊断
开方不在张张巴掌大的纸上
指头戳戳点点键盘
面对的一小块天
星星一样的文字一行行排列在眼前

  注：写给医生李伯藩和他的弟子李少华、龚丽燕、陈云、陈蓉、普映授、马玲丽、桂佳佳……

写于2023年10月20日，载于《宾川时讯》2024年5月8日

温暖的手上的一朵花

占领一方美丽榜首
魔鬼见不得就产生妒恨使歹吧
看着长大的女孩
做人妻人母还美得出色
人在三十五春秋
一个色彩斑斓的秋天的田野里
红斑狼疮如魔鬼蹿来
潜入小女子美妙之躯
乱啃乱咬，不仅毁形象还要命
叫小女子痛不欲生
丈夫带小女子上大理昆明
上海北京寻医救治
医生尽力过下定语
尿蛋白降到两个"+"，就好
小女子回来住当地医院
红灯亮医生下病危通知书
做妈做舅的赶去抹泪水看一眼

来看望的宾川朋友介绍李伯藩
送去医，绝不等死
当过兵的丈夫决定背水一战
小女子吃天下的苦
每天吃李伯藩的一服药
每天煨三道吃三次
吃着吃着，尿蛋白的"+"没啦

州医院医生见奇迹

小女子还活着，活得好好的

小女子珍惜生命

稍有发热病痛

去不了宾川，就打电话给李伯藩

该吃什么药就有数

小女子活了二十几年还在活

吃李伯藩的中药活下来

今天想给美女子写一首诗

题目从灵感中跳出来

温暖的手上的一朵花

写于2023年10月20日，载于《宾川时讯》2024年5月8日

借来羽毛就长翅膀就飞翔

命运没有为唐军打开大学的门
高考那年
却打开另外一扇门
青睐他潜在的特异一面
要他趁早起飞翱翔
不然，机会稍纵即逝
飞，必须地阔天广
生他养他的农村，自然而然成全

二十世纪八十年代初
唐军开始到处筹集的，在我看来
不是票子，是羽毛
创立的不是农副产品购销站
是经济起飞站
且是第一不是第二
借他羽毛就长翅膀　就飞翔
在一地喧哗中腾起
从惊讶的目光之中远走高飞
不止远飞东北三省
还远飞俄罗斯
衔去的是宾川优质农产品
优质水果特色蔬菜
带回来是丰厚的人民币　是外汇
追着日月飞过七千二百天

落脚产生爽馨石榴园

就是干甸里千亩大片翠湖

由此涟漪效应，带动周边十万亩

  注：唐军，宾川县绿色果品开发有限责任公司党支部书记、董事长。高级农艺师，经济师，荣获国家发明专利三项，云南省劳动模范，全国新农村建设功勋人物，中国科技创新优秀乡土人才，中国科技创新企业家，中国农技协"百强乡土人才"；大理大学客座教授，大理州工联副主席商会副会长。入编《青少年启示录》。

写于2023年11月25日，载于《神州文学》2023年第12期

众人口口相传的石榴大王

拿青春往返南北二十年
驻足　转变，一个举动
拥抱了千亩连片土地
这跟地形地貌一拍即合
干甸，一个盆地
高山丘陵捧阳光、月光、雨水于掌心
名声由此从小做大
做成众人口口相传的石榴大王
千亩土地是个大教场
他不是撒豆成兵的神
是指点千头万绪的指挥长
让一把把汗珠落地生根站立起来
站成一群绿衣小仙
齐刷刷一大片
五月这里变成红色花海
绿衣小仙个个胸前佩戴红花
个个花枝招展
九月十月都身挂一个个大圆宝
手捧一个个大圆宝
在太阳下尽显红艳欲滴的光鲜

众人口口相传的石榴大王
是唐军。农副产品购销站大变革
企业转型升级，摇身一变
成为绿色果品开发公司

唐军做董事长　做爽馨石榴大王
爽馨石榴内心美极啦
万千籽粒抱团，红玛瑙一样
万千籽粒，甜软爽心
那一年向国家市场监督管理总局注册了商标
那一年代表大滇云南
到广州亮相国际食品博览会
惊艳全场，荣获金奖
成为云南著名商标
爽馨软籽石榴不鸣则已
鸣，产生影响，由内向外发展
绿绿的爽馨软籽石榴林
如海潮弥漫，千亩万亩十万亩
由干甸向周边蔓延
仿佛一石激起千层浪
涟漪由中心向四周蔓延，一圈大过一圈
中共云南省委组织部闻风而动
来录制一部专题片
把一个先锋农大哥推上中央电视台

写于2023年11月26日，载于《文学家》杂志2024年第2期

不领工资　也肩担一个领域

二〇一一年，放下掌上握着的
头顶的、立足的或坐着的
千亩爽馨石榴天地，放下，放下
连同品牌盛唐峰韵
榴花湾、金牛井、馨如故
交给他人管理经营
自己抽身出来走向更加广阔的天地
阳光里、风雨里不辱使命
开自己的车，烧自己出钱加的油
吃自家的饭，花自家的钱
办别人的事大家的事
帮助别人贷款，协调资金
协调用地种种事情
带领企业家走进一些大学
提高思想素质
走进州外省外国外一些企业
增长见识拓宽眼界
十年来他不拿公家一分工资
落得是别人的口碑
宾川工商业这些年的好局面
跟工商联、跟商会领军人唐军有关
宾川李伯藩悬壶济世
唐军，给企业家们排忧解难

写于2023年11月27日，载于《文学家》2024年第2期

冬梅以及以梅为名的女子

大雪封不住　不缺血性枝头
点点血红竞相绽放
大雪封不住冬梅的开心动容
笑脸红唇朵朵报春
民间爱冬梅，眼里点点血红似火
燎原星火，不几天冰雪消融
漫山遍野万紫千红
百姓爱冬梅，冬月生女孩
索性叫冬梅，或红梅
或雪梅或晓梅，都期望出色
活出朵朵梅花风采
红艳光鲜，美丽不亚于桃花
洱海东边有红颜女子
取名跟梅密切相关
不经意间进入一个女人堆
就有冬梅红梅雪梅
其中一朵鲜艳夺目，花开
全国劳动模范三八红旗手光荣榜

2023年10月5日

众人拇指上的金花

突然，群鸟从树上跌下来
垂直之势　一落千丈，不是盘旋而下
突然，小雪大雪飞来
不落别处　往村庄村民心上落
有人直击真相
外商不来，柑橘烂市
下跌的不是群鸟　不是树叶　是价格
雪片不是天上飞来
是撕碎的订购合同片片飞扬
有人深入大地一方
见果农还在喜笑颜开
笑脸一张张围着一个女子
那女子还在收柑橘
按订单上价格应收尽收
她是众人拇指上的一朵金花

写于2023年10月5日，载于《岭南文学季刊》2023年冬季卷

心头担着的一块大地至此放下

心头担着几十万亩土地
种植十几万亩柑橘
十几万亩葡萄十几万亩石榴
铺天盖地都是甜
梦醒笑不起来　心上压力大
怕外商哪年不来
盆地崩盘水果烂市烂田地
二〇二三年走访企业
越走越开朗放心
其中一个水果冷链加工中心
二十万吨水果聚散
进口宽容，一一笑纳
纳入长长分拣线
线上水果滚滚向前浩浩荡荡
下线，精品择出
装箱，出口，上冷藏车
一车拉几十吨　车来来去去
高速路上车轮滚滚
这天我过进口过出口
意念一闪而现
至此，放下心头担着的一块大地

2023年10月7日

六七月，龙游宾川甜蜜大海

六七月，游过碧波洱海
游龙腾起，翻越东岸几重山峦
游入坦坦荡荡宾川
游入一片不小的绿海
其中城镇村庄，大岛小岛一样
绿海不深，不过两米
水泥桩成行　铁线成网
绿海不小，几百平方公里
龙，随意游行　一条缝隙
天，绿，绿绿一大片
绿绿天顶下，前后左右
动不动就碰着海底泥土的细胞
跑上藤结成大穗大穗的葡萄
阳光透过缝隙落到穗上
就有繁星灼灼高光点
其中红的美名红玛瑙
粒粒浑圆，剥了壳的荔枝大
紫的，粒粒食指大小，食指模样
美名美，紫玉玛瑙
数粒，每穗八十至一百粒
称重，每穗重达一公斤
若偷偷地吃上一粒
甜入心，就大快朵颐不松口
其实，粒粒不是野生
游龙偷吃，我心就疼
疼　粒粒皆是果农的心血凝结而成的

写于2023年6月10日，载于《中国诗歌》2023年第11期

黑提王,势如燎原星火

宾川这些年越来越火
火是星火燎原、火势蔓延的绿色大火
火起来的葡萄世界
轮流的日光月光反复丈量过
远超一万一千公顷,风在其中叹气
走南闯北东奔西跑
没一个方向有突围的出气口

宾川葡萄世界黑提王
叫出来,既是叫葡萄上品美名
也是喊叫张明洪
这冠冕堂皇不是自封自炫耀
宾川复制出吐鲁番葡萄大世界
他下过功夫立下功劳
他从滇中跟宾川打工妹来
不只过天伦之乐生活
既然来到热土上,就绽放青春火花
灿烂一回,不辜负青春
捏一把汗跑山东
回来在传统的橘园大胆纵火
燃黑提燎原第一把火
炼出第一桶金来
他乘势而上带动千家万户
现在,宾川黑提走红
远销越南、马来西亚、新加坡

写于2023年6月12日,载于《中国诗歌》2023年第11期

黑提王的第二道光环

再一次遇见张明洪
跟第一次在太和农场见面不一样

初次相见，聊天听他说人到中年
不像，比同龄人年轻
帅气朝气和气一团
去他绿色小院　去他公司
看过其中几个场面
渐渐看出其格局与众不同
渐渐看见宾川黑提王的光环

再见不在宾川
在近些年出现的一个新世界
常常是一幅照片、一段感言
发在不大不小的朋友圈
给我给朋友开一扇玻璃窗
每次我都往里边看
看见他人在一个个不同场面
内心流淌着智者乐水
见他站得恰到好处
待人处世应对每一个场面
其事业及其人生
都有皆大皆小的尺寸
他有别人见不到的光环
此环不是企业家都有
此环是通透的内心出现的光环

2023年8月5日

美妙绝伦的倩影与橄榄树王

文曲星上知天文下知地理
五千年人间秘密
不是秘密，世世代代智多星眼里
皮厂村东山坡上
一棵高十七米
粗八十九厘米的橄榄树
活过一千零四十个春秋
树皮皱裂包不住节瘤疤痕枯洞
本是一代诏王，一声感叹
只因一次捕风捉影
成为一棵守望千年的橄榄树王
当年捕风捕春风
捉影捉忽隐忽现的倩影
美得花见花开　山见山动摇
窈窕淑女，诏王穷追不舍
结果，天容不下诏王丰富的感情
让诏王站成橄榄树王
浑身的爱结情人果
给民众年年酸酸甜甜，回味无穷

千年一过又过五十年
春风里，那个倩影轮回而来
眼见千年橄榄树王
历经沧桑还在开花结果
瞬间百感交集

深深爱意一发不可收拾

全泼在一箐两面山坡上

箐是生态迫切需要修复的石板箐

2023年6月21日

千年以前的倩影来续情

遇上那女子，不要放过
这话有感而发
二〇一五年十二月底
王者荣耀归来
王是女王　是山上的王
见到千年橄榄树王，就不放过
她引入万千接穗
嫁接橄榄树王籽播苗
不管愿意不愿意
硬是在石板箐荒凉的山坡上
借着春风鼓气
春阳暖心　春雨滋润
捆绑出万千夫妻
绿遍六千亩、七千亩山地
结果后代优良
乒乓球大，翡翠蛋蛋一样

荣耀归来的王者
山上一代女王
橄榄树王第一眼看透神魂
千年以前做诏王
追过的倩影轮回而来续情

写于2023年6月23日，载于《世界华文作家》2023年第4期

那女人在石板箐做滇橄榄王

大攀高速宾川石板箐路段
几年前一个女子落脚
取下橄榄绿一样的披巾
轻轻覆盖一条山谷上上下下的荒凉

其实这样，就是她引入万千接穗
嫁接在她播种的橄榄树苗上
苗是橄榄树王的种子苗
小半年春天过去
就有万千捆绑夫妻生活在石板箐
第二年百分之十二生育率
情形太像迫不及待
第三年有儿有女势如争先恐后
第四年全面开花结果
阳光下树树枝枝丫丫
都有密密匝匝一串串青春果
她在石板箐真的做上滇橄榄女王

滇橄榄王一夜笑醒打开天窗
吉星高照橄榄加工厂
果汁、果脯、果酱、果粉
含片、冻干果，种种出品源源出门
奔向八方城市，辐射一样
石板箐群众敲锣打鼓
五千人口，一千五百户人家
青年男女打工挣钱
除夕前不再赶火车赶回家
元宵节前，不再丢下老小跑远方

2023年6月24日

冬天去宾川采摘情人果

冬天这个时候,北国冰天雪地
南国许多地方冷
百分之九十七种果树
不再挂着水果
这个时候避寒去宾川　温暖
不像其他一些地方
看着阳光亮亮的
照在身上却是冰凉冰凉的
这个时候吃新鲜水果去宾川
有沃柑,有冬桃
更有石板箐那儿满山的情人果

石板箐情人果冬天大胆亮相
树树谢绝绿叶遮蔽
不像夏天里的青色绿果
生长不到成熟,有爱不坦白
躲躲藏藏在密叶里
你我冬天去石板箐采摘情人果
望着采摘着品尝着
可以回味初恋回味新婚
满口满心都是甜
吟诗也是回味甜蜜的爱情诗
那儿情人果多品种
你我第一喜欢的是盈玉
乒乓球大,晶莹剔透

圆润，像你我的美满婚姻
你我第二喜欢的是翠珠
绿绿的扁圆扁圆的
跟你我从前的算盘珠子一个样
你我精打细算生活
来到当下日子温情殷实
像一颗颗鲜美翠珠一样甜
你我第三喜欢的是糯橄榄
那个石板箐橄榄王
从高黎贡山引来
嫁接在橄榄树王的子苗上
结果一串串成熟
六七十岁夫妻都喜欢
石板箐情人果满足天下情人
冬天漫山遍野　琳琅满目
且什么样的情人来采摘
口味，都有一个相应品种适合

写于2023年6月23日，载于《世界华文作家》2023年第4期

玩泥巴汉子玩出大名堂

有空就钻大理古城丽江古城
见识千古春秋堆积起来的种种模样
年复一年不出破绽
堆砌的方砖望砖青砖
层层排列有序板瓦
筒瓦、脊瓦、瓦当
以往目光，到达看点就收回
近来长见识想康建洪
宾川玩泥巴汉子如泥巴一样历练过
可搓可捏性格不再柔软
古典建筑修复有他延长青春命脉
有青白世家传统
白墙青瓦院落，大门斗拱翘角
有秦砖汉瓦再版
他爹赓续祖上弄泥巴烧砖瓦
他玩着泥巴长大
继续玩，玩出大名堂
非物质文化遗产，玩出州级不休止
心一大，目标就大
省级，国家级……目光拾级而上
诗人一次偶然相逢
喝过他烤的茶，看过他玩泥巴
吃过晚饭留住他家
实实在在感受过砖瓦屋内的冬暖夏凉

写于2023年6月5日，载于《文学家》2024年第1期

还人间一片天清地明

进清华大学几天　回来
满脑子翻天覆地
是现代化生产颠覆传统生产
睡一觉起身就跑
不带走任何一样
停火的砖瓦厂很快冷落下来
砖瓦窑满头长草
冬的枯黄，延续到春天
厂房内砖瓦器具
原地丢着，原模原样
烧过、没烧过的砖瓦
红的青的各自堆放如山

康建洪和工人离开老地方
停厂咋样就咋样
这种古建真空砖瓦厂
宾川关闭三十家
不关闭不行，脑筋必须转弯
按部就班走老路
挖土发泥做砖瓦
入窑点火，烧，烧，烧
出窑日，入窑日
时间距离六十天
砖瓦堆多高，成本有多高
且污染一词扎心

头上一团黑烟笼罩
地上庄稼闷躁①
远看一片硝烟弥漫
不知其中是一座座冒火冒烟的砖瓦窑

康建洪起来转身走，走
不，带着人马跑
还人间一片天清地明

写于2023年6月6日，载于《文学家》2024年第1期

---

① 闷躁：方言，憋闷，燥热，透不过气来。

转身遇见现代化大生产

转身来新地方大开眼界
大震撼，几个人操纵大世界
流水线生产砖瓦
大机器吞吐，魔术一样
成块砖，成片瓦
以往五六十天出一窑
充其量不过十万
现在一天产出五十万、六十万
工人工作不拖泥带水
原料不用黏土用页岩
用粉煤灰用粉碎的建筑垃圾

烧砖烧瓦不烧柴不烧煤
机器制砖瓦那头进去这头出来
像过隧道的运河水
波澜不惊，满河流淌
工人工作繁忙，装车，装车
车辆排成长龙
早来的紧跟一夜不睡的
车　有大理丽江楚雄的
更有出国运往东南亚地区的

人在现场砖瓦生产流水线
仿佛置身科幻世界
心疑砖瓦入炉过烧
炉内充塞着所有过往红太阳

写于2023年6月6日，载于《文学家》2024年第1期

给泥土注入灵性赋予生命

泥土上手就有一些古董复活
出手就让需要的满意
八仙，古钱币，飞禽走兽
十二生肖，福禄寿喜，各取所好

建园林，选一块风水宝地
砖瓦该堆的堆，该砌的砌
该上房的上房
该贴的贴，该铺的铺
就是仿古建筑
分别欣赏一幅幅历史图案
一个个文化符号
上椽子的板瓦筒瓦
上高处的墙砖
脊上的飞檐翘角上的装饰
院心里花径上
铺的不是金钱砖就是金砖
只要一有太阳
眼前一地一路就都是金光
康建洪不简单
活学活用中国砖雕艺术
泥土做出文物一样的品相
古院修缮都有配件
还原如初，不露痕迹

写于2023年6月6日，载于《文学家》2024年第1期

面对县城一栋栋大楼的感觉

这些年，每每进入宾川县城
都有这样一个感觉
转过去转过来都面对我的一个学生
和他领着的二三十个工人

我在祥云教过十三年书
教出一批批初中生
其中两个来宾川谋生
名叫杨红花的女生，漂亮能干
给百味宾川添一味
她定位县城全球通路边
捉过往的日子煮下关沙坝鱼卖
手艺来自她婆家
西洱河岸上经载庄
凤凰温泉地段
名叫张开红的男生不高不矮不胖
饱满天庭亮着精明
他是这首诗的主心骨

张开红结婚后就来宾川寻活路
带着媳妇带着一群工人来
媳妇乖巧，起早贪黑
把落入满锅水里的满天星
煮成早餐午餐晚餐
让张开红和工人吃饱喝足

好把缜密心思

放在一卷卷一堆堆粗粗细细的钢筋上

该拉直的都拉直

该竖起来的就竖起来

横下心来铺设

铺出一个个百年大计

竖起的不是孤立

是统一规格、数量的集体

日子就像砖

日子过了，墙也码起来了

这墙与那边墙之间

让汗水搅拌的混凝土

浇筑成墙与墙之间顶天立地的支柱

横下一条条心布置的

铺设出大梁骨架

和有规矩的纵横交错的钢筋网

让汗水搅拌的混凝土

浇筑成大梁、楼板和房顶

目光返入过去七千个日子

张开红和他媳妇与工人每次转身

身后都有大楼拔地而起

由此我每次进入宾川县城

转过去，转过来

都面对高高林立的大楼

总感觉是面对张开红和一群工人

写于2024年5月8日，载于《中外文摘》2024年第11期

长联大王磨亮王姓王牌

长联《锦绣大理》长
长达两千零八字
面世一鸣惊人，惊宾川
惊大理，惊云南
惊联坛，如奇峰突起

《锦绣大理》出世
作者还没住在佛手拈花雕塑下
妙手妙笔妙语
大展大理自在表情
及其内在起起伏伏的民族灵魂
跟佛跟神仙无关
成就《锦绣大理》
作者继续走在长联路上
时不时放下一联
在州内在省外耸立
都是一峰，超吨级重量
由字字铁骨支砌
有个年过半百的朋友
想超越，我跑向山间溪流
提一桶轻言细语
往他头上轻轻泼去　泼去
想，除非笔锋一转
转业去联坛练笔如磨刀
二三十年过去

也许也在联坛称王
《锦绣大理》作者王艳钧
十年磨一剑，磨亮姓王的王牌

写于2023年7月3日，载于《中外文摘》2024年第11期

卷四 宾居

相依彩云南现的乌龙坝

云南许多坝子在山下
而宾川宾居乌龙坝
却在海拔两千五百八十米半山里
高处不胜寒啊
年平均气温八点一摄氏度
高处风大雨水丰沛
周围的树都扯住过往的云
乌漆嘛黑的龙
即使是一条一卷也要挤干水
变成小白龙才放行
如此这样，其他地方干旱
年降水量几百毫米
乌龙坝一千五百五十五点九

别人七八月看草原
不知情远跑内蒙古，近跑香格里拉
发现身边草原的你
带我来乌龙坝
它从前属于彩云南现的地方
汉武帝梦见彩云
遣使者追来设下云南县
历史上分合不断
南，依然紧紧相依祥云
祥云是当空太阳衔着的彩云
有风吹动大风车

不经意就有丝丝缕缕落下
渗透高高低低的草甸
在草中长出五彩斑斓的小花
大片是灌木杜鹃花
祥云是白云，抬头不见低头见
见，已是白羊群
左是一群右是一群
前是一群，后是源源不绝

乌龙坝七八九月美得出奇
八方美女来来去去
有的来了不愿走马观花
扎下红红绿绿的帐篷
你带我来不怕我魂出走
知道是你的，一生奉陪到底

2023年5月7日

解密乌龙坝　忽隐忽现的乌龙魂

上过乌龙坝，会百分之百相信
越析诏王魂没走远
末代王魂还在出入龙潭树林
那一缕那一团带风带雨带乌云

大唐年间南诏王一统六诏
有火烧松明楼的传说
楼上南诏王大宴其他五诏王
趁贪杯的一个个烂醉如泥
抽身下楼放一把火
传说入耳入心眼
望见烧焦的越析王
魂飞乌龙坝
变成了忽隐忽现的乌龙
给上山的子民呼风唤雨
像南诏破灭那年
皇族改名换姓退居山谷密林
直至千年过去华夏一心
各条命脉抬头露面
放下过去，高举五星红旗
宾川宾居乌龙坝如此
三点一二平方公里的山地上
上龙潭村下龙潭村
李子园村、大箐村、老村、新村

2023年5月7日

摆在宾居街上的几件古董

宾居不是一个寻常的小乡镇
坐在洱海东岸的宾川
曾有越析诏在此
其中宾居是越析诏的都城
不止如此，顾名思义
宾川还是宾客过往的大川
宾居还是来往客商投宿的地方
走遍滇西茶马古道
东支线穿过宾川腹地
岁月深处宾居街上
早晚人喊马嘶，铃铛叮叮咚咚
晚卸驮，卸下一身暮色
点亮马灯喝酒打牙祭
早，牵马出厩，上驮出发
北上，驮着普洱茶
去丽江、去香格里拉、去西藏
南行，驮着牦牛肉
驮着永北瓷碗瓷碟
去彩云之南　去南涧去景东
时过境迁古道让位
宾居小镇也非同一般
街上摆着的古董，件件是宝
马店大院、李氏宗祠
家训坊、文昌宫、清真寺
申报中国历史文化名镇

都是一个个饱经风霜的证据
可惜件件是明清建筑
若有越析遗迹，了不得
随便抽一件，都价值连城

2023年5月9日

循着古迹找着来

踏着你们赶骡赶马走的路
感觉你们脚下的余温
再调动双耳回廊
回响大铃咚隆咚隆声
回放勾魂赶马调
二伯父，四叔父，马锅头
你们歇店的宾居
七十几年后的今天我来了
撑着初升太阳来了
来一条热心热肠的街道
过"一带一路"诗人节
开一个丝路宾川越析诗会

你们在那个不见天日的世界
知道我来，肯定动情
会在今夜过来吧
二伯父，四叔父，马锅头
我知道，你们的处境
光天化日不行动
必须夜深人静，不动声色
若来，你们就来
我先跟大王庙的大王打招呼
他的地域他做主
若来，过分粗心大意
会晕头转向迷路

许多土木结构的民居已变样
骨架已经是钢筋
包筋包骨的是混凝土
面子是白是红是黄的瓷砖
骡马早已无影无踪
让道给来来往往的大小汽车
若来，听我的
请循着几个古迹来
大青树、大祠堂、文昌宫
清真寺、龙井亭还在
被人当作宝的还在
你们走越析路
从东普门进，走街串巷
进还在的马店，暗笑
天亮前走西普门轻轻地出去

灵魂世界是活跃的
沟通是默契的
我与二伯四叔默念默念
他们和马锅头一定有感应

2019年6月7日

大王庙里你我见大王

大王庙在奇石山下仁慈湖边
二〇一九年端阳
你我进宾川是来宾　住在宾居

宾川是越析诏故地
几代诏王在宾居大发过号令
亲爱的现在看宾川
感到诏王跟县长一样大
换位，想到远古百姓走不远
看不到天外天之广大
认定部落首领越析诏王就是大王
游过越析广场你赶来
满脑子想的越析王
入庙瞟一眼你就走
心中大王庙的大王是越析王

我的脚不像你短　性子不像你急
盯着石碑塑像
盯不出名堂不放
大王庙供奉的大王
跟你心中定位的完全不相同
王是张仁果裔孙张敬
张仁果祖上是阿育大王
贤孙是白子国王
现在祥云宾川弥渡三县

就是从前洱海东方白子国疆域
张敬是统治宾川的主
兴水利放一条地龙引洱海水
就有伏流至此喷涌而出
仁慈湖里碧波荡漾
百里稻麦瓜果，千里飘香
这全是越析诏以前的恩泽呀
江山几多改朝换代易主
张敬塑像前香火青烟从来不散

2023年5月10日

发现大王庙会的最旺神气

宾川大庙会人山人海
其一，正月十三大王庙会热闹
这一天，大王生日
百姓赶庙会　延续千年
以前年年这一天
大王庙大王风光无比
宾居十三村百姓吹吹打打来
都来接大王回村去
大王庙大王神像下供桌上
十四尊大王小神像
宾居街上下两村各一尊
十三村代代传统在
奉大王本主，年年过本主节
宾居三洞岗村子是例外
不在十三村之列
村民依然把大王当祖宗敬
年年提前偷偷接回去
接入祖祠，三牲香火样样齐备
亲爱的这天轻轻问
大王是谁？如何成就这么大的神

今天就轻轻告诉你
宾居告诉你，大王姓张，名敬
白子国王张仁果裔孙
张乐进求的前辈

白子国王派他统治宾川
他治山治水治旱
把一股子劲打入百里地下
令洱海水悄悄流来
他累倒站起来的奇石山脚下
不几天就是一片亮汪汪的仁慈湖
没几年，宾居田园
种棉花涌现一片片白云
种甘蔗耸立起甜甜蜜蜜的森林
几百年后上千年来
他人不在，神在
为官一任，造福一方，不凡
无独有偶，亲爱的
千百多年后，引洱入宾
造福百姓大工程，共产党继续

2023年5月12日

冬月大白天去宾居看见星星

这个冬月里,大白天
去哪儿会看见星星,坐火箭上天
去也白去,来宾居
有惊喜,上天找不到的星星
白天栖息万亩田地
满枝满枝,满树满树,满坝子
有阳光无阳光
全是金黄金黄的,个个变了种
改了名,叫椪柑
叫沃柑,叫蜜橘叫金橘
谁见谁喜爱,见谁,都亲热
满坝子一团的热气
谁见都想摘,都想咬一口
摘了摘了咬了咬了
满嘴甜蜜水,满心甜蜜汁
满眼都是甜蜜的山坳甜蜜的海

其实,抹掉浪漫色彩
踏进现实,溅起的腾腾热气
告诉来川的宾客
这些星星一样的果子
不是天上落下的,是村民手上的
宾居龙口村海子田老兵
火头鸡自然村的阿斌
是民间高手,会种两块地

在田里种橘在心里种文字
年年有收成
日复一日腰酸背痛淌汗水
产阳光灿烂的甜蜜
年复一年思想入心结魂
出土特产美文美诗
椪柑沃柑蜜橘金橘多甜美
长长短短美句就饱含多少甜蜜

写于2018年12月，载于《大理文化》2024年第7期

巻五 大営

深入大营街心认识赵醒吾

深入大营街心认识您
您觉醒在二十世纪二十年代里
觉醒时日改名醒吾
认识您，知道一个壮举
魔窟里有徘徊的鹰
您深入魔穴，给鹰指引方向
有了向着太阳的啸天雄鹰
从奴隶到将军
罗炳辉，云岭一只雄鹰
跟您关系重大，初心由您唤醒
您替我们下地狱
种种酷刑您全受尽，全为我们今日
今日风和日丽恬静
那些刑具那些毛骨悚然的名称
销声匿迹不再见
是您和同志拼了性命咬碎吞没

深入大营街心，赶快下手
一刻不等待不停顿
轻轻抚摸养育您的故里
摸一条街心一条路
感觉您走出去一路足音
抚摸您童年比着成长的石柱
感觉您骨头从小坚硬
用告慰的爱给您消除一点伤痛

写于2023年6月13日，载于《宾川时讯》2024年6月18日

大营归侨

初来的时候有一些不同
来自不同国度　不同时空不同地域
说着不同语言
谁也不认识谁的心情音符
有时互相望望
八人竟然穿八个国家的服装
时不时流露出冷漠
疲惫不堪的倦容
皆是老少男女万里风尘的困窘

到的时候有一些相同
同在祖国云南宾川一片热土上
握住一双双伸来的手
听着欢迎回国回家的汉语
老者心上母语复活
开始生硬地说同一种语言
交流中热泪盈眶
住同一个样式的房屋
共同吃宾川大米蔬菜牛羊肉

现在这些完全相同
都跟当地民众穿同一款式衣服
说着同一语言
跟当地村民种葡萄种沃柑
成果销往待过的异国

现在不完全一样
都应该好好传播
时不时做几道外国好菜
华夏节日演中国歌舞外国歌舞

二〇二三年六月二十四日
目光到达大营华侨社区
同时神会宾居、太和、彩凤侨情

写于2023年7月5日，载于《宾川时讯》2024年6月18日

给这首诗压阵的大营

村庄叫某营的地方
祥云县下川有很多
前些年田野像绿色又变金色的大海
它们像一只只船
泊着，各有间隔不挤在一起
距离不远可以一呼百应
如大刘营、小刘营
张泗营、老张营、季伍营
赵营、董营、虞旗营
它们来头都很大
谈古论祖　村口的口气不小
说来自南京应天府大坝柳树湾
我小时候种过瓜
天黑摘瓜回家看不见
就顺藤摸大瓜
长大写地方史顺着脉络溯源
大坝柳树湾不是村庄
是明南征大军出发大教场
沐英来，就屯兵
来自同一家族的一个营
有战，拔寨而起
和平，发展生产，娶妻
跟当地彝族白族融合在一起

宾川村名叫某某营的地方
沙家营、曾家营、周官营、杨官营、大营、史家营、邱家营……
其中大营名气最大
大营西与大理海东镇挖色镇接壤
说是清代屯兵
是明是清不用我说清道明
可以断定两点
历史上屯兵镇住洱海
二十世纪修大营水库
那时祥云、宾川、弥渡一个县
我的父亲我的哥去挖过渠
水利是农业的命脉
千军万马造下的水库星罗棋布

2023年4月13日

千百年来不朽的莪村风貌

就算是洱海翻过东岸大山
三波流浪,长江
奔波而来三片流浪
在小河边凤岭象山坡上落下来
落地成人安居乐业
赵姓、张姓、杨姓三支
紧紧抱成一团
在青山翠林绿水之间
抱成一个叫莪村的千年村庄

以往驮茶驮盐驮杂货的人马
进出自由　来去自如
留下东西南北的神气风采
打家劫舍的人马
望而生畏,不敢冒进,绕道而去
现在外来过客
随便扫一眼扫个概貌
也见门中门、户中户的民居群
各姓家族相对集中
布局井然,庭院巍峨
山泉顺沿石巷边缘的小渠穿流
家家大门雕梁画栋
大气、开阔、雄武
户户门前院内花艳树绿
兴趣上来偷窥几眼

发现一家家都有藏书
全面扫过全村一眼
扫出一山坡沉重的瑰宝
二十余座寺庙、祠堂
牌坊、戏台，上千民居
老到骨子里的土木结构
白族祖先的不朽风貌

写于2023年5月16日，载于《宾川时讯》2024年6月18日

萂村刺绣，出自神女牵过的手

　　过客走　巷巷流水、户户养花的格局
　　花开花落时节
　　欣赏一路鲜花飞蝶蜜蜂
　　走至花落尽，抬头喜相逢
　　望见花开永远不谢处
　　美美女子的头上
　　胸前，背后，及裤脚边
　　小小男孩女孩头上
　　走至蜂蝶飞散，抬头喜相逢
　　都在不凋零的花朵上
　　亲，这是萂村刺绣
　　萂村女人心灵，双手被神女牵过
　　花开，见过种的花
　　野外自然花，爱就记心底
　　花落就抽出心灵情丝
　　针针线线都往一身穿戴上释放

　　萂村白族女人衣裳前短后长
　　有已婚未婚老中青之分
　　逢年过节，过客眼界大开
　　犹如置身于一场刺绣展览大会
　　刚见过家家门前花
　　又见衣着盛装女人花
　　出门扎堆扎成花丛，花团锦簇

　　写于2023年5月23日，载于《宾川时讯》2024年6月18日

站在莳村大地上的大神

莳村的地盘有一尊尊大神
白天黑夜春夏秋冬
年复一年站在寺庙内外
祠堂内外村口村中
站在各个家族祖坟山神后
守护着寺庙祠堂
守护着村庄守护着祖先
风霜雨雪望而兴叹
惊叹千百年来立场坚定

它们就是几十棵参天古树
以及一片原始森林
它们,不是一般的树
无法无天　岁月间
不是任意被砍被刨根的树
没有烧柴烧指头
也没有人敢动大树一指头
树是封神封过的神树
祖宗十八代口口相传的口封

过客走过看过赞不绝口
亲爱的,我不信神
却致敬站在莳村大地上的神树
因为它们神圣
保住千百年的生态环境

青年已不信神
敬爱它们是村庄风景树
村不建高楼大厦
它们根系发达枝繁叶茂
高出民房绿在天空
头顶闪电雷霆风雨

写于2023年5月24日，载于《大理文化》2024年第7期

荍村的正月十五

其他村上有的荍村有
其他村上没有的，荍村有
正月十五来荍村
就见到与众不同的风格
家家门口烧高香
青烟笼罩桌子上
大上午摆满美味佳肴
这不是招待来客
是接一千年前的天子回坛

老百姓看天子是太阳
天上太阳还是从地上升起来
南诏大理之间的洱海潮起潮落
荍村出过两个天子
出过落过两轮太阳
赵善政翻手灭掉郑隆亶
称大天兴国皇帝
杨干贞覆手称大义宁国皇帝
在位时间短与不长
却都是荍村有过的辉煌
杨干贞给过荍村好
荍村百姓世世代代念念不忘
如日落凤山意象
是凤山含在嘴里的一滴蜜
荍村给两天子建庙

每逢正月十五接他俩回坛
像他俩在位的黄金阶段
在这天回乡跟村民同乐一样

写于2023年5月25日,载于《宾川时讯》2024年6月18日

茹村独有的节日像起潮的河

茹村有小河大河及一片海
独有的节日不来
波澜不兴，潮不高涨
独有的节日是正月十五天子节
这天上午出不出太阳
巷巷人流都往一个方向赶
茹村头的财神庙广场
转眼是花花绿绿的海洋
群众个个盛装迎天子回坛

亲，你来靠边注目
大河大浪一波一波接踵而至
见头一波奔来　传令官
背负一面黄色令旗
带着信使一路快马加鞭
前往茹中村天子行宫报信
见一群鬼脸卫士
共同拉着铁链横排前行
压着后面队伍的速度
他们个头小　那是化了装的孩童
古装仪仗队庄严
高举黄旗、龙虎榜、花瓶
龙虎榜左一警示回避
右一警示肃静
花瓶左侧有字国泰民安

右侧有字年丰人寿
古装表演队一路表演
有《西游记》四师徒
有姜太公樵夫耕者书生
有赵匡胤千里送京娘
耍马，耍鹤，耍蚌
有张果老倒骑驴　有周文王访贤
龙狮队龙腾虎跃
身着白族古装脖挂佛珠
手敲木鱼身背香袋
洞经坛莲池会老倌老奶收尾

整支大队伍从头至尾长两里
不是单列双列，是四列
朝着天子行宫一浪跟随一浪

写于2023年5月26日，载于《宾川时讯》2024年6月18日

萯村正月十五抢佛

接天子队伍抵达行宫
该发生的都是外甥打灯笼照旧
泥塑的天子叫佛
接天子叫接佛
大家依次行礼朝拜
大脸小脸张张虔诚严肃

朝拜结束大家大换表情
转入文艺表演环节
活跃起来的气氛弥漫天地
传令官把握时间
遥远的年代抬头看太阳
几年前低头看手表
现在看手机，吉时一到
高喊起驾——回宫
电闪雷鸣龙腾虎跃皆平静
大闹天宫的孙悟空
也立即乖乖站立不吭气
先锋官信使听令
上马飞奔天子庙报信
亲爱的注意看，抢佛开始

场上青年男儿争先恐后
捧起各位神尊塑像
按照座次捧入龙车佛轿
抢到的叫抢到福
乐滋滋的样子，真像有了福

写于2023年5月28日，载于《宾川时讯》2024年6月18日

莪村天子节尾声也动听

去莪村，古朴典雅的
宫廷的、肃穆的洞经音乐传来
深受感动的心
没有感觉从天婉转而降
仙班演奏之妙
没有感觉高山流水绕山过箐
入怀沁心润肺
老汉们穿长袍马褂
头戴礼帽正襟危坐
仿佛一群古来活神仙
在摆弄笙管丝竹
琴瑟，念唱演奏经文
满场流的飞的皆天籁之音

亲，正月十五元宵节
不在下关风城过
跑来过天子节
没赶上迎天子接天子场面
踩着尾声也惊喜
洞经演奏照样精彩
南清宫、将军令、大开门
小开门、一杯酒
流亡曲……曲曲千年流传
光阴一年算一米
千年叠加就是高山

年年正月十五洞经会

听，就是高山流水

有盘旋，也有直下悬崖的奔腾

写于2023年5月29日，载于《宾川时讯》2024年6月18日

正月十五，秥村的晚餐丰盛

佛上了龙车坐进轿
起驾回程雄狮跳跃龙飞凤舞
沿途人家，有人候着
恭迎各位"神尊"回坛
香案供品摆门口
佛来，立即燃放鞭炮
此起彼伏连连响
鞭响声中表演队游行远去
洞经会演奏开场
莲池会拜经开坛
各家端供品上寺进庙祈福
这天来秥村不忙走
听着洞经音乐遇上祈福人家
有请，不用客气
去，享受一台丰盛晚餐
鸡鱼猪头和烈酒
放开吃喝，主宾同乐
吃到主人叫格呦格呦①的分上
天子节就直达举杯的顶点

写于2023年5月31日，载于《宾川时讯》2024年6月18日

---

① 格呦格呦：白语汉译，即主人连声叫客人拈菜吃的意思。

荊村的宝，是一片落地的星空

荊村的宝，识宝的看见
感觉就是一片落地的古老星空

毫不隐瞒摆在眼前的
有高高堆在地面的文物古迹
寺庙祠堂，民居
荫庇村庄的千年古树
有节日里村民穿的古典服装
及其穿戴上的刺绣
有三剪两不剪就剪出来的窗花
出在观音菩萨抚摸过的手上
贴在阳光普照的大窗小窗上

深藏不露是家家户户的藏书
是落地就隐入心上
谁要给谁掏出来
撒地成星群的独特民间文学
例如杨干贞传奇
莲花池传说、黑龙潭故事
奶尖山传说
凤凰山传奇、金牛来历
仙人脚印、本主伞
阴阳树龙马树、龙马坡
荊村圣母庙历史神话传说

写于2023年5月30日，载于《宾川时讯》2024年6月18日

蒴村有衔在鸟嘴里的诗

四月,从热辣辣的蒴村里
转到黑龙潭海埂
每一个细胞每一种心情
马上凉爽　在碧水边的绿荫下
惬意间抬头看高处
树上有诗被山鸟衔走
向凤凰山迅速飞去
不一会儿就消逝在一片绿里
过一会儿见一群鸟飞来
带队的叫着,听得出欢喜
想,就是刚才那只
跟随的必是它的兄弟姐妹儿女
它叫声好听,是吟唱
是把咽下去的诗吟唱出来
给身后的群鸟听
让它们听得明白听得心馋
长在树上的诗粒
紫红紫红的,有闪亮的阳光反射
啄一粒,吞吃下去
水水的甜甜的,解渴,解饥

亲爱的,那年在下关读书
来自蒴村的同学四月讲
这几天回去一趟
去黑龙潭海埂摘桑椹

想吃多少摘多少，没人管
吃不了，带一筐来
让班里有的同学吃了还想吃
她说的今天我见识到了
海埂，二十世纪五十年代筑
桑树，那个时候栽
现在，桑树棵棵粗壮高大
枝繁叶茂桑椹密集
成熟的鸟儿来不及吃的
在树下落一地紫红

写于2023年5月31日，载于《大理文化》2024年第7期

掏给杨干贞几句心窝子话

这一回，宁愿掏空自己
也给杨干贞掏几句
从前写过杨干贞后代
诸多人杰英雄
埋入土里几百年
血肉养起墓地的参天大树
骨头骨质不疏松
神知道根根做了山石头

莿村人敬杨干贞我也敬
公元九百二十八年
时任剑川节度使杨干贞
扯来闪电雷楔子
劈了大长和王郑隆亶
为我的祖宗出一口气
蒙氏改字姓茶姓的流亡族
不再东躲西藏逃生
血！公元九百〇二年
郑买嗣杀南诏王舜化贞
杀蒙氏八百余人
自立大长和国自称帝王

写于2023年6月1日，载于《宾川时讯》2024年6月18日

卷六　州城

州城的历史地位

大理州叫州城的城不在苍山下
它不在州府驻地
它名位变小不变轻
梦，来头不小的它依旧压梦境

它是明朝摆下来的一个盘棋
天子准奏天子恩典
叫一方绅士一方百姓皆大欢喜
弘治七年锣响鼓响
置州筑城，设立大罗卫
华楼大院崛起其中
十字街中心过街钟鼓楼
叫宾兴楼，像祥云城钟鼓楼
四层、六角、攒尖
雄踞全城中心。文武庙
城隍庙、忠烈祠
观音阁、报国寺、文昌宫
跟众多的民居都是布局上的棋子
都是标志历史文化的符号
城内百姓不离不弃
世世代代不管它地位怎样变化
公元一九一三年州改县
公元一九五六年县改镇
仍不丧失原来雄踞一方的风度

2023年4月20日

南薰桥的一个历史片段回放

虽没经历红军长征及战斗
且那段历史已走远
远去八十余年　约三万一千七百天
现在的太阳看不见
来人看不见听不见
但我还是与众不同
心魂常常跑入红军长征路
那是一卷二万五千里长的红色磁带
我人到其中任何一个点
都能播放那个点上原来的所有实情

我人到魂到宾川州城南薰桥
灵感回放当初现场情况
红军一个参谋长
带着五名战士来到南薰桥
大声向城墙高处喊
我们是北上抗日红军
来跟县长谈判红军和平过城过县
忽然听见一声炮响
轰！听见嗒嗒嗒……嗒嗒嗒枪响
看过听过我笑我哭
笑反动县长及城防指挥太蠢
红色潮流浩浩荡荡
蒋介石十万部队都没挡住
区区蚍蜉不自量力

咋不是上演一出笑谈

我哭红军参谋长、五名战士

血染州城的南薰桥

我笑阻挡红军负隅顽抗的混蛋

写于2023年6月25日，后编入组诗《州城，闪烁过战火的红星记忆》，2024年获《世界文学》《白鹭文刊》"伟大征程杯"红军长征出发90周年文学作品大赛一等奖

红军攻打州城片段

灵魂深处一卷卷磁带
最长一卷有二万五千里
红军穿越枪林弹雨
这次写诗回放州城两个片段
不回放，心不安
百名战士牺牲
不久的将来会随我埋入地下

州城反动头目闻风而动
逼迫上万民工筑防
城墙外方方面面
宽宽地、深深地挖壕沟
壕沟前栽四米宽杂刺仙人掌
东南西北城门洞
都塞满土墼，堵到不透风
城墙顶上守兵几千
反动头目以为固若金汤
城上狂徒有恃无恐
先向到达南薰桥前的红军开炮开枪
破坏红军和平过境的愿望
谈判不成，红军攻城战斗打响

攻城的红军战士突破险阻
冲到城墙下搭上云梯
城上守军用枪用石头往下打砸

登墙战士壮烈牺牲

云梯被守军用长钩勾走

红军在附近房上火力压制

攻城战斗不止

城上守军放飞点燃的草把

红军扑火保护民房

下午四时，红军再次攻城

在东门南门猛烈佯攻

守军头目慌张起来

急匆匆调来西门北门守军

平静的西边北边，红军乘虚登城

这里的州城不是一州之城

是滇西宾川县城

红二红六军团长征过滇西

攻打州城这一战

是过滇西最为激烈的一场攻坚战

写于 2023 年 7 月 7 日，后编入组诗《州城，闪烁过战火的红星记忆》，2024 年获《世界文学》《白鹭文刊》"伟大征程杯"红军长征出发 90 周年文学作品大赛一等奖

给红军挡过子弹的一堵民房大墙

有一堵墙,摸着它会暗暗叫疼
只要是摸着伤口
只要你知道那段历史就心有灵犀
那些伤口,是枪弹孔
是一场激烈交战留下的证据

这墙在州城外,是民房后山墙
同在我灵魂深处
二万五千里长的音像磁带内
它是一个特别的画面
是现在民间已经少见的墙
百岁老式民房的墙
是青瓦白墙的大房子后山墙
我回放,你仔细看
民房是防风防火的精美民房
瓦屋顶的檐口下翘防风火
风火是专用名词
是上过黑色的块型建材
风火下是两色画带
白一道黑一道再白再黑画带上
中间宽宽的黑道内
留白处是带状白云、朵朵白莲花
往墙上破损暴露面看
墙是土墼支砌的抿泥巴抿石灰的墙
墙面上可见无数弹孔

耳边会回响起一阵密密麻麻的枪声

枪声响在一九三六年四月二十日
路过的红军和平谈判不成
在民房上跟城墙上的守军交战
这座民房在枪林弹雨中
拿脊背给房内的红军阻挡子弹
檐口，不吭声，咬紧牙关

写于 2023 年 7 月 8 日，后编入组诗《州城，闪烁过战火的红星记忆》，2024 年获《世界文学》《白鹭文刊》"伟大征程杯"红军长征出发 90 周年文学作品大赛一等奖

掩护下来的红军标语

白色恐怖扑来就以白色对付
拿饱吸月色的石头
烧透，泡出浆来
让一条红色的标语
在一堵石灰墙上
不动声色地掩护起来
等待天翻回来
至于人心隔肚皮明白就行
灵魂深处红色激情继续燃烧

白色恐怖　消逝
天上东方红日出来　红霞灿烂
地上红花红旗红
有人清理了墙体上的掩盖层
红军标语再现
打倒卖国的南京政府
——红二政宣
掩护标语的已过世
跟红军走的两个儿子没回来
县上省上来人
来宾川周官营李荫华家
以珍贵文物保护
以红色传承向天下广泛宣传

写于2023年7月8日，后编入组诗《州城，闪烁过战火的红星记忆》，2024年获《世界文学》《白鹭文刊》"伟大征程杯"红军长征出发90周年文学作品大赛一等奖

红军连破州城的两个片段

土崩瓦解，落花流水
州城守军固若金汤的布局　大破
二百七十名青年参加红军
百姓送草鞋送篾帽送鸡蛋
反动势力的骗局不攻自破

红军抓捕恶贯满盈分子
公开处决残害百姓的活阎王
释放牢狱里的无辜平民
红军打开粮仓放粮，送粮
被反动宣传吓跑的
穷人，回来开门，放入半屋阳光
喜出望外，阳光里面
堆着谷子，桌上摆着红糖
香油，还有泛光的银圆
进城的红军搞宣传
文艺兵在广场演出
政工队演讲、散发传单
刷写红泥浆大标语
取消苛捐杂税，抗日必须倒蒋
打倒卖国的南京政府
红军是工人农民自己的队伍
回家的青年参加红军
之前，反动派恐吓百姓
布下骗局，至此破灭在弹指一挥间

写于2023年7月9日，后编入组诗《州城，闪烁过战火的红星记忆》，2024年获《世界文学》《白鹭文刊》"伟大征程杯"红军长征出发90周年文学作品大赛一等奖

六之凹十二岁少年当红军

灵魂深处一卷二万五千里长的磁带
红军长征路,有红军出城音像
城是宾川州城。眼尖的你
见队伍里有一个小红军
是州城六之凹村十二岁的李文斌

若还想看看他的来路
给你倒带放映,就见上一个片段
六之凹村一个院子里
三十出头的母亲说
去吧,斌儿,跟他们当红军去
为我们穷人打天下
她面对李文斌面对红军说
说出李文斌想说的话
跟从大青山流来的清泉是一样的爽

若还想往前瞧究竟
再倒带放映,就见头两天一个片段
四五个红军入院来
来搜捕逃出州城的反动派
面对李文斌兄弟俩
面对李文斌的母亲和奶奶
面对院子里其他人
带队的说明来意,放出心间甘泉
老乡不要怕,我们是红军

是共产党领导的队伍

是为穷人打天下

因为北上抗日路过你们这里

现在州城已经攻下

我们也是穷苦工农出身

话如甘泉涓涓流来

满院子感觉亲切甜爽

红军根本不是保长说的那个样

李文斌母子忙起来

妈打一瓢缸里水给红军喝

儿搬出草墩竹椅来

带队的红军问李文斌，想不想当红军

写于2023年7月10日，后编入组诗《州城，闪烁过战火的红星记忆》，2024年获《世界文学》《白鹭文刊》"伟大征程杯"红军长征出发90周年文学作品大赛一等奖

谁家谁去当红军，神也查不清

金沙江过境，一路向东
滔滔江水，千年万年以来
没一座山让它们休止
红军过境，一路向北
突如其来，打一个惊叹号
州城里稍息一下
转眼就无踪无影
宾川史上第一次，前所未有

二百七十男儿追随红军北上
还乡团一直查不清
眼前总是迷雾缭绕
毕竟上司自以为是，拒绝和谈
挑起一场激烈大战
结果城防队丢下大片尸体
伤残一群投降一群
其余落荒而逃隐姓埋名
红军有流血有牺牲
却以旗开得胜打扫战场
获得民心继续北上
毕竟失踪的人没有蛛丝马迹
几月几年杳无音信
这种情况，谁查谁头疼
查哪家都是碰火山
都是惹起民愤，要人，要命赔偿

这种事，神也查不清
只有哭着要人的心里明白
乡丁保长夹起尾巴
不报战死就填下落不明
然后把气发到墙上
铲一条条直捅心口的红色标语

写于2023年7月11日，后编入组诗《州城，闪烁过战火的红星记忆》，2024年获《世界文学》《白鹭文刊》"伟大征程杯"红军长征出发90周年文学作品大赛一等奖

向北，给没回家的红军鞠躬

那些山上的皑皑白雪
能融化的化了，化不了的
堆堆月色雪骨
是倒在雪山上的红军战士
给山增加三分高度
那片草地一汪汪水
哪天干涸了，就深挖八尺
翻出站着的白骨
抚摸察看，会真相大白
那是没走出草地的红军战士
给草地三分骨力
有的战士给伤员取一口水
给伤员抓一条鱼
没发现草皮下深深稀泥
水面上某一种色彩
透露出下面有枪有战刀的信息

宾川周官营李璠、李璞兄弟
追随过宾川的红军走
出云南，弟弟翻过雪山没走出草地
祥云宾川鹤庆三县
千多名青年参加红军北上
渡过金沙江，其中有的
才看见早上八九点钟的太阳
就掉下雪山落入草地里

翻过雪山走出草地的
有的没走出一场场枪林弹雨
留给家里的盼望无休无止
二三十年过去，四五十年过去
依旧杳无音信的
年年某日上高山的家人
就向北鞠躬，深深地连鞠三躬

写于 2023 年 7 月 12 日，后编入组诗《州城，闪烁过战火的红星记忆》，2024 年获《世界文学》《白鹭文刊》"伟大征程杯"红军长征出发 90 周年文学作品大赛一等奖

绝望至极出现惊喜

已经不抱希望的绝望之后
望穿北方万水千山
不再望,跟情形相同的人家一样
毕竟年复一年
杳无音信,问处不生
做爹做妈的忍着
当爷当奶的不再抱怨
做兄弟的娶媳妇生儿育女
平静日子天天过去不断向前

来到一九五八年柳绿花红日
突然一名解放军进家
望望老望望小,不开口
还是反反复复地望
全家老小认不出他
见来解放军爹妈慌忙向前
客客气气问　你找谁
两问三答显山露水
几句话,大家抱成一团
哭得大眼小眼滴泪
天看着,落泪似感叹号让人惊喜

世间惊奇想不到　有时
有绝望也有希望,就看谁家幸运
原来是当红军的阿斌

不再是当年的小斌

现在高大英俊,不像当年小样

爹妈不再是年轻爹妈

爷爷奶奶拄着拐杖白发苍苍

弟弟不再是躲子弹时的模样

那时州城传来激烈交战枪声

先前听过村公所恐吓

哥拉着弟弟跑村外烧碱房躲藏

枪声平息,起身回家

见红军跟家人在一起

完全跟乡保长那些人说的相反

当年十二岁去当红军的回来了

现在是高大英俊的解放军

消息飞出六之凹飞遍宾川

给当年参加红军的家庭带来希望

写于2023年7月13日,后编入组诗《州城,闪烁过战火的红星记忆》,2024年获《世界文学》《白鹭文刊》"伟大征程杯"红军长征出发90周年文学作品大赛一等奖

周官营李家院李家父子魂

一

记性装不下生来所见的老院子
拥挤中无关紧要的自然退出
退吧退吧，腾出空间
文物级重量级的更加显著
州城周官营李家院子
见过很久，照样印在心上
明月清雅风格留下来
百年的西南风吹不散
来风服气不服气，内心知情
达旦河边的古典院落
群山田园围绕，地形像我心窝一样

二

记性扛不住大大小小的人物
扛得住李家院李家父子
李荫华光绪庚子辛丑并科举人
在糊涂世界不糊涂
出淤泥而不染，濯清涟而不妖
疾恶如仇，正气一身
不跟贪官污吏同流合污
回乡教书育人修志

昏官专横跋扈，讥笑宾川无人
李荫华当面怒斥瞎了眼
红二红六军团长征跋山涉水而来
走过祥云走进宾川
红二军团四师宿营周官营
四师指挥部入驻李家院
李荫华父子开怀接风，杀猪宰羊

三

李荫华儿子李瑶李璞
突然失踪，直至赵镕将军的日记出版
才水落石出
兄弟俩当年悄悄跟红军出村走
都在红六军团政治部
李瑶任宣传科长
李璞任青年队长
兄弟俩热血都融化过雪
堵胸口的雪山雪
红日出山宛如大地冒出的一滴血
痛，李瑶走出草地
九月牺牲在甘肃
痛，李璞八月牺牲在草地
草地一片绿中一缕翠绿
昭示一条年轻生命
李瑶一九二七年加入中国共产党
昆明城里从事地下工作
叛徒告密，反动派大搜捕大屠杀
血雨腥风里同志紧急疏散
李瑶回乡等待时机，等来颗颗红五星

四

斗转星移，五星红旗红

锣鼓喧天，一九五三年工作队进村

入住李家院，揭开一个秘密

面对照壁的正房

两侧各有一个漏角屋

其中一个的小天井的墙壁上

粉刷过的石灰下

珍藏着一条红军标语

打倒卖国的南京政府

从当年走过来的人都明白

红军走，白色恐怖来

李荫华抢先一步

收一桶月色

将红军写下的标语掩盖起来

李荫华离世诗文不离世

字蘗心，让人琢磨

有人说是密码，有人悟出其中灵魂

蘗，被砍倒的树木命根不死

来日继续复生新芽

有新生的枝芽接着长大

李荫华落气前梦过两子

梦一个魂在西北　一个魂在草地

魂送战友走向延安

李荫华深知新生力量不灭

早把如此思想放入蘗心两字里

写于2023年7月15日，载于《时代作家》2024年第2期，后编入组诗《州城，闪烁过战火的红星记忆》，2024年获《世界文学》《白鹭文刊》"伟大征程杯"红军长征出发90周年文学作品大赛一等奖

山岗铺红,不止这个日子红

癸卯年大寒这天不感觉冷
应约去一个温暖地方——山岗铺
天,从早到晚没有一朵云
全面保持蓝色　沉默
山岗铺环绍文过生日
三坊一照壁小院　日子一团火红
天井地面铺红
照壁下竖起八十生辰标志红
乡亲们穿着一身身红
唱起一缕缕红　跳起一朵朵红
主神经敏感由此及彼
摸着时光深深浅浅处珍藏着的红

这里是昆明至大理的一个点
八十八年前生长的一棵棵老树
早年头上没开通航空路
林间没开通公路铁路
前辈无论从哪头走
都走跌宕起伏的山山水水古驿道
过九关,住十八铺
上关下关安南关猫猫关
读书铺水盆铺沐滂铺狗村铺山岗铺
一六三八年里徐霞客来
过云南县一路向西北
过梁王山、松子哨

暮，到达宾川境内山岗铺
有人见一个旅客投宿
神见一道红红霞光就此落下
一九三六年红军来
百姓见红二红六军团旗帜鲜明
其中一股红色潮流从山岗铺流过
一九四九年紫气东来
山岗铺大红小红的日子接踵而至
癸卯年大寒这天不寒
是轮流而至环家，经环家人一弄
乡亲祝福，来宾祝福，一热闹就显红

2024年1月22日

卷七 乔甸

乔甸的前世今生在飞天坡下

在云南高原的滇西广场
叫坝子的地方
别的是群山团团围住的盆地
飞天坡下的荞甸
例外，南北长二十四公里
东西宽窄不一，是条形平川

射雕英雄狩猎的时候
荞甸不是荞甸　是野兔出没的草场
屯兵垦荒戍边的时候
撕开草皮种植不上水稻
水荒，改种荞子
结果，种出一个荞甸的名字来
红军红旗飘过的时候
改天换地的目标，让荞甸开始向往

五星红旗飘扬，各省是国的儿女
各州是省的儿女
各县是州的儿女
各乡各镇是县的儿女
荞甸，从前是祥云县的儿子
一九五八年
听娘话，过继给宾川县
修建海稍水库
转眼过去大半世纪

荞甸脱下草帽，叫乔甸
祥云米甸禾甸祥云城
抬头见身边兄弟
带着儿女石碑、杨保、大罗
海稍、河边、雄鲁么
捧起一些葡萄石榴，笑容很甜

2023年4月29日

新庄那热血流传到现在来人的身上

阳光一次次覆盖的地方

月光一次次覆盖

黑暗一次次覆盖的地方

雨水一次次冲刷

乔甸海稍山洼里的新庄

七户农民四十人

逃生活,倒下又站起来

一九三六年三月

红旗从山上飘扬而来

红旗下红色潮流浩浩荡荡

来了,过一夜就走

留下红色标语红色宣言

带上参军的青年长征

浩浩荡荡出河谷

攻克州城,过江,过中甸

翻雪山,把颠倒的翻过来

当下新庄叫红军村

四面八方来人汲取红色力量

当年参加红军的青年

杨世顺,杨世昌,杨征,杨丙

大的二十二,小的十三

他们的热血流传到现在来人的身上

写于2023年4月4日,载于《时代作家》2024年第1期

去红军走过住过的地方

癸卯年二月初一抓住机会
去红军走过住过的地方
宾川乔甸海稍新庄
滇西高原面子上的一粒朱砂
去，不是穿上军装
抓一把岁月凝重上脸
拍一张身背驳壳枪指点江山的照片
去，激活红色灵感
让风轻云淡的诗篇
出现叱咤风云热血沸腾的诗行

过去见一批批人重走长征路
去追寻红色足迹
有远走井冈山延安
有的近走县内米甸楚场河
我走不出去　我心红
就地在祥云城内反复走
城里北中街将军第
红二军团指挥部进驻过
当然，扒开内心说
上网一网打尽近年新鲜事
见人走宾川乔甸新庄
还是时不时眼红，心动
想弄出一些红色诗行
去获取一些新的意境新的力量

写于2023年6月15日，载于《时代作家》2024年第1期

去新庄子的第一个发现

去宾川乔甸镇海稍村新庄子
第一个发现是重大收获
新庄隐藏太深
车过海稍水库大坝埂
若是直来直进去
顺着山脉往箐深处跑
跟进入死胡同一样
必须在岔路口扭转方向盘
往右蜿蜒曲折而上
翻过小山梁，往左盘旋而下
进入群山合围的天地
怪不得当年红色潮流奔腾而过
白狗，黑狗，黄狗
轮番扑来都摸不着入口
何况红色基因潜入地下不动声色
且当年没有海稍水库
现在大坝埂下，原本是深涧
下面石牙尖尖，急流朝天
见狗子一个个不敢逾越
滔滔波涛，爆发阵阵嘲讽嘲笑声

写于2023年6月16日，载于《时代作家》2024年第1期

云南十大新闻人物之一蒲国宏

不见则已，见就是肃然起敬的惊叹
中年汉子，穿彝族对襟衣裳
戴有红旗有铁锤镰刀的徽章
红光满面，慈眉善目，端正沉稳
像以前见过的蒲国宏
立足祥云车水马龙的清红路
开富达汽车修理厂、宾馆、饭店
现在新庄杨家门前见
问过就是蒲国宏，敬佩陡然而生
隔行如隔山，竟然转身回山里
抓起现在六十六户六十六股力量
激发历史深处的红色基因
复原红军住过的屋、睡过的床
以及枪支、斗笠、地图、马灯、背壶
口缸、壁画、标语、传单
建起红军纪念馆、农民博物馆
铺出红军广场，掀起红色旅游新潮

白天见蒲国宏　夜梦见蒲国宏
蒲国宏的胸怀不小
打开是一幅宏图，有花果山
葡萄走廊、海花草原及民族村
醒来深入灵魂继续发现

蒲国宏肩上一根扁担挑日月

村党支部书记,村主任

他在今年云南十大新闻人物中

他原名叫杨应显

那年村里参加红军的青壮年

有他爷爷杨世顺　融入红色潮流北上

2023年6月17日,载于《时代作家》2024年第1期

新庄新气象

海稍这个群山团团围住的地方
水一半，田园一半
在山坡下新庄子前
山上山下村里村外
现在穿红军服装的人来人往
感觉红军轮回而来
长征路过这里喜欢上
来安居乐业
穿不褪色的军装
种沃柑种葡萄经营红色旅游
迎送一支支温故知新的队伍
这个地方像彝海
村里带头人，像小叶丹
做向导的朱利彬
像熟悉的红军炊事班老班长
让人想起金色的鱼钩
跟他合影　他整整军衣、正正军帽
军民联欢大舞台上
报节目的女主持是个俊姑娘
看她英姿听她字正腔圆
想起红军宣传队里美丽的女红军

癸卯年二月初一去新庄
见红色基因大气象
热血沸腾的心，不死
心上就有不泯灭的深刻印象

写于2023年6月19日，载于《时代作家》2024年第1期

飞天坡一名的由来

　　盘旋而上的骨肉之躯
　　撞着自己徘徊在空中的一缕灵魂
　　互相没有伤害
　　各自找回依附的归属
　　昏昏流浪灵魂复活
　　已经不明白的事完全明白过来

　　从祥云到宾川或反其道而行
　　必经之路飞天坡
　　在祥云祥城镇与宾川乔甸镇之间
　　去宾川，从祥城坝下乔甸坝
　　返，从乔甸坝上祥城坝
　　几十年经过几十次
　　已明白出窍的一缕灵感
　　稍纵即逝在飞天坡上空
　　如那年某日天黑的时候
　　骨肉之躯由北向南穿越乔甸坝
　　在坝子山脚前
　　不经意抬头　意外看见
　　南面天空一片灯火灿烂辉煌夺目
　　几个转弯几个盘旋而上
　　看见的忽然看不见
　　直至上通坡顶置身灿烂辉煌的灯火中
　　明白过来，身在工业城
　　以后一个白天里

从乔甸几个盘旋上至祥云坝
感觉又飞进天上人间
骨肉之躯在上升中碰撞的灵魂
完完全全醒来
明白　乔甸先民取名飞天坡
缘由是一次次上通坡头的感觉

2023年5月1日

乔甸打出宾川海稍鱼名牌

乔甸，从前跟云南县的兄弟

在一口锅里吃饭

从一个荒甸

开辟出一片田园

没江没河没海

也在雷响田里栽下秧

日子再坏，也种上荞麦

乔甸，一九五八年

跟宾川的兄弟做兄弟以来

牛劲不减当年

有一片天就做海

把晚上浮现的星星养成鱼

美其名海稍鱼

给一条出路就开窍

煮出绝美河鲜

现抓鱼，就地现煮现卖

干出来海边路边一条街

名扬四方

很快，宾川海稍鱼

就成了响亮的名牌

占领餐饮大市场

走进县城走进下关大理

走进滇西各地

走进云南各州甚至省外

都见金字招牌
仿佛不断上岸的鱼
进县城出县城
游入州内外、省内外
既主宰小店也登大雅之堂

2023年5月4日

祥云城里的霸王羊肉火锅

钻棵棵啃百草吃树叶的黑山羊
个头超群的一只只大羯羊
不落入虎口狼牙缝
就做横断山大小山脉上的美味
人生百味中一味
来，没品尝过就走，太遗憾
诗人童年品尝过
三角钱一碗粉蒸羊肉端回去
全家一人尝一点
糯香！胃口吊上天
青年时期几次过大瘾
在禾甸下莲在普淜云里厂
在下庄纸房迷马拉
跟大众大块吃肉大碗喝酒
吃过一久想吃无门
那么好的美味没人抬入市场
几年以后宾川人牛
把这传统美食做出大名堂
在祥云宾川下关开店
山上下来的大羯羊
上桌有名威风：宾川霸王羊肉

宾川霸王羊肉我喜欢，有趣味
有做美食领域的霸主霸气
有做东者当一时霸王的风光

入口，是更完美的味
关键是想吃就吃一台
在祥云，去李义霸王羊肉店
去宾川，去环乙彩羊肉馆
客居下关，去何志敏羊肉馆
人生百味中有这美味
在有生之年不缺失，不寡不淡

2023年6月4日

乔甸跟祥云一些乡村相似的活法

走不远的时候也常耳闻目睹
把人赶快抬出祥云县
去乔甸续筋接骨医治跌打损伤
天上太阳滚几个轮回
抬去的人走回来
走着走着丢开拐杖
走得远的时候慕名去过一次
跟爱人送姨老太去
去医治病变成拱桥的腰
入村迷失目标没了主意
这家会续筋接骨
那家也会治疗跌打损伤
腰肌劳损膝关节疼
好几家都有泡酒草药香
都标榜自有家传秘方
叫人顿时不知进哪家好
很像祥云县内有些村庄有些现象

走得远的时候常走祥云县内村子
进这村，这家是木匠
那家也是木匠；进那村
这家是泥水匠那家也是泥水匠
进这村，这家是瓦匠
那家也是瓦匠；进那村
这家是石匠，那家也是石匠

进这村，这家是小炉匠
那家也是小炉匠
杨草海子下水口皮匠多　出名
禾甸老街许多人家会扯白绵糖

乔甸骨科草医多，这现象
跟祥云一些村庄一些活法相像
以往三年两季荒
天干三年饿不死手艺人
乔甸跟祥云根源深
当然有一村一手艺传承的影响

2023年5月6日

地方史志绕不开史家营的史旌贤

相继领命上文史、县志界掌门
把关三千六百天
难免有点事发生
黑白两面的日子，故纸堆里翻去翻来
某日，翻过白天
不得闭目养神，有两人吵上门
白发是祥云的老学究
黑发是宾川史志界的后起之秀
白发面红耳赤
黑发，脖子上青筋在跳
安抚过二人情绪
坐下来喝茶，按长幼有序道来
二人争执的焦点
原来是历史上的史旌贤
白发说史旌贤始终是云南县的
云南县后改名祥云县
史旌贤化成灰也是祥云的
白发怪宾川史志新秀
写史不该牵强附会
把史旌贤写成是宾川的历史名人

史旌贤是地方史志绕不开的人物
不仅活在云南县志里
活在棋盘式的云南县城内
从桂阁、观浪亭，也有他活动过的遗迹

中外风纪坊、西台丰采坊
两座牌坊为他建立。这是何等神圣
争执的二人心知肚明
明万历年间，朝野关注的人物
明嘉靖三十三年
他，出生在云南县乔甸史家营
万历四年，中举；万历庚辰，进士
仕途历官七省十三任
至四川、广东布政司参政
贵州监察御史
像一棵云南松，正直
万历十五年上书皇帝
改革地方大吏用人制度建议被采纳
他，《云南通志·人物志》，有传
《明神宗实录》，出现十余次

喝过热茶，呈现温和气氛
适合裁决，白发、黑发都没错
祥云县写史志，写前身云南县
不能不写史旌贤
一九五八年，乔甸划入宾川县
宾川县写史志，也不能不写史旌贤

2023年12月18日

巻八　平川

平川骄子跑成前方一面旗

行至苍山中和峰下
结识一个彝家骄子,是平川的
由身后上来,带风
超过我三千六百五十天
他由鸡足山那边来
樵夫,不再砍柴卖柴
跑上文曲星抛下的一条路
他上来挥挥手跑过去
转眼跑成前方一面旗帜
呼啦啦衣袂飘响,抖擞精神
他边跑边从怀里掏出东西来
掏出内心的东西投往远方
只见投出去,飞回来
投出去,飞回来
落在我和大家面前
是一本本杂志一张张报纸
其中精彩板块
展现他写的小说、他写的美文

小说里、美文里有平川山水
山坡上的羊群入林
渔泡江弯弯转转的波浪
寨子里炊烟袅袅
苞谷酒香,腊肉香
早晚狗声鸡声呼唤声

夹杂偶然吵闹声
草鞋、胶鞋、皮鞋踏歌声
男人女人间的那些故事
这些你我大家都司空见惯
感觉没有写场
却被他发现有意思的地方
写出耐看的情趣来
就连一声声叹息
在文字里也有种种模样
这是冲上岩石闪电
响起惊恐万状的雷火
那是喜出望外的欢呼声
他跟渔泡江密切
我在山这边抓鱼虾
他在山那边抓出锦绣文章
天地间的隔世之音
卷卷波浪在字里行间流淌
他是谁呢，是我敬佩不已的纳张元

写于2023年3月24日，载于《中外文摘》2024年第11期

这首诗里的主角是兰妮细芝

十万个为什么　问
古底村委会安本自然村
走出去闻名全国
那个女子兰妮细芝
回来不开口则已，一开口
身边所有的大山
又屏住呼吸定住起伏倾听
八方合围而来的人群
又怦然心跳　掌声一波接一波响起

所有的问冲我来　我解答
无论是谁，若在碧水蓝天里游行
十天半月会一尘不染
在山乡生活一辈子
山连山，漫山遍野是树
箐连箐，箐箐清泉石上流
清晨、白天、傍晚
有百鸟天上树上进行歌唱比赛
晴天没有尘土飞扬
日子没有切割瓷砖石块的喧嚣
眼里心里全是洁净
只要从小爱唱爱吸收大自然资源
就有这样一天到来
开口，即使没有高山流水
也有百灵鸟清脆婉转

或春风吹过树梢吹过林海的回应
听着兰妮细芝歌唱
脑海深处走来由小到大的形象
是放羊唱歌的彝族姑娘
头上冬天戴山茶花春天插马缨花

写于2023年7月27日,载于《大理文化》2024年第7期

我心思深处的平川

宾川里的平川
几十年前一次耳闻,像闪电一样
带几个雷滚过心海
入魂深远
从祥云西北那面飞起
遗憾没目睹过
想起的时候尽是想象奔腾
白马王子鞭子一挥
打马驰骋百里
由平坝这头跑向那头
去见想念的姑娘
骏马一路飞奔
蹄下没有尘土飞扬
马到姑娘身旁
蹄上散发着芳香
身后花花绿绿一直长到天边

三月二十五日好
有麻王摇旗呐喊诗人走平川
可以一睹真情
遥想过的一马平川
那马就是天马
踏起的一路草波水浪
落下来坝子小
起起伏伏是大山连大山

平顶流山、买你岭岗①

哨房梁子

仰天窝梁子、老熊窝梁子

磨刀石山、罗锅山

羊湾子坪……最高的五顶山

海拔三千一百五十八米

山这边,宾川东北

那边,祥云西北米甸

五顶山站立在两县的交界上

2023年3月17日

---

① 买你岭岗:山名。

大山聚集的马花

马花，一个大山聚集的地方
时空深处，一只金雕一次次展翅
往任何一个方向飞翔
眼前都是聚集的大山
你凸起，我凸起，成群凸起
山上有山，还有山
像叠加起来，高入天堂
翅膀之下苍苍茫茫
挤在一起抱团的青山向四方蔓延
大大小小像万马奔腾
着魔定型，瞬间造就起起伏伏的壮观
群山地面上草木堆积
蓝天下绿得像一堆堆翡翠
松树一棵紧挨一棵
由下至上，密密麻麻拥挤上山巅

其间，山民与林下资源
不知从何年起，顺其自然过日子
避暑，避秋老虎。过冬
男人早上烤茶烤太阳
晚上喝过自酿的荞酒苞谷酒
掀开披毡温暖女子
好女子从马缨花宫殿来
在日月明处打跳
跳成一团花，唱出响水箐水歌谣

感动了吹草笛人的心

好女子往肩上靠

这一靠，一个好女子

一个俊男人，搭出一个窝棚来

做一家，相依过日子

天长地久，一代接一代过下来

过到听见咚隆铃响

马帮驮来的朝阳夕阳

入锅熬成浆，出锅结成坨

一坨坨碗大的红糖

还驮来盐巴布匹香皂梳妆镜

成捆的白云卸驮解放

是柔柔棉絮，盖在身上暖和

没出过山的一个个终于明白过来

山外还有没去的大世界

日子不止核桃爆香

还有糖，让日子变得蜜一样甜

不止披毡子穿羊皮

穿火草布衣裳，穿草鞋

还可以穿上一身春天绚烂的花样

至通公路、通电、通信号

挖掘机开路威武霸气

挖一下，掘起成吨的石头泥土

有线电视屏幕一闪亮

大家发现：山里美是美

没去的山外世界，另有一番精彩

写于2023年12月4日，载于《世界文化交流》2024年第3期

马花的阳光与众不同

三月十六日一过就是历史
存下这天所见

上过弯弯绕绕三十五里坡
翻过宾川坝东边东山,穿过李子园
向前向前,有重大发现
照在群山上的阳光,与众不同
与宾川坝东山坡不同
与宾川坝周围其他山不同
百分之九十九点九九
山上的阳光,都是鲜亮鲜亮的绿
行走在不高不矮的山上
仰望近处远处凸出的群山
俯视卧在眼下的道道山岭
以及凹下去的山洼,条条山箐
都是碧绿碧绿的阳光
称得上绿色阳光大世界
绿色阳光就是这世界最体面的主

进入马花"一马平川庄园"内
又有重大发现,在众山阳光碧绿
之中,这里小光山
又把阳光弄出与众不同
一树树樱桃树
满头满脸的阳光,全是粉粉的红

其中热情燃放的广场
正在举行一马平川第二届诗歌节
照在台上台下的阳光
又是一个突出的不同
上台一群接一群的小妹妹
彝族女儿，跳着唱着
把照在身上的暖暖的春天的阳光
演变得艳丽曼妙，五彩缤纷
我在现场紧盯着，不准拉下夜幕来

写于2024年3月20日，载于《世界文化交流》2024年第3期

洪泰向着太阳照亮的地方跑

认识不认识马花李洪泰
不一样,认识的,眼波闪亮有光芒

他家五兄妹只有他上学
十一岁上,每天奔跑两小时山路
向着朝阳最早照亮的地方跑
学校就在前方的阳光里
朝着夕照东方一片山坡跑
家,依偎在山胸脯上
在橘色黄昏里释放袅袅炊烟
天天放学都是这样跑,回家回家
赶在光亮全被夜色抹黑前
林间松鼠　背柴放牛娃
常见一个少年跟太阳赛跑
他每次进村擦擦一头汗
回望,都抢在了太阳落山前
天天这样蹦蹦跳跳地跑
其中几跳,是跳级
十四岁上初中,上罗九附中
山路跟着升级加长距离
每天一去一回跑,跑五小时山路

读完初中练出飞毛腿
带着宾川二中高中录取通知书
穿过老熊窝李子园

向着太阳远远照亮的地方跑

七小时跑过所有盘旋的上上下下的路

上，上达山区边缘高峰

宾川坝子东边东山顶

第一次感到自己比身后山高

第一次发现看得很远

第一次看见山外有大地心窝

下，一弯一绕地下

下过弯弯绕绕三十五里坡

抵达山外世界大坝子

忽然深深体会学过突围这个词

自己生长的地方马花

在大山包围圈内，且里三层外三层

这下突破大山层层包围

心，大起来，想……将……来

把家搬出大山，让日子过得宽敞

写于2023年12月4日，载于《世界文化交流》2024年第3期

抓流淌而来的时光炼金——洪泰

跑着读书的马花山娃跑出大山
血气方刚放开胆量跑
由一个广阔天地跑向另一个广阔天地
跑过习武打工之路
拿过全国散打七十公斤级银牌
当过保镖卖过相机望远镜
推着人力车批发过打火机塑料袋
跑到金沙江边淘过金
弯绕曲直路上跑过长途运输
都抓着流淌而来的时光炼金

激情燃烧过二十载青春是条汉子
雄心勃勃，在种过梦想的地方
置地建房，迁来全家
办起幼儿园，办起三个实体企业

当年出山遇见大胶轮拖拉机
追着追着看，旁人笑话
笑成一张张弓。现在一方水土前
是宾川汽车经贸公司掌门人
农林发展公司董事长
硬把平常日子过出想要的精彩来
把流淌而来的时光炼出黄金
一桶连一桶泼回马花
让其渗入土地长出花椒苗

至此，他已赚得四千万

光照过他的太阳月亮知道

踏过的山踩过的桥知道

走遍千山万水，历尽千辛万苦

他知道，知情者知道

道尽千言万语，排除千难万险

至此，他还有新指标

开发青花椒一系列生活产品

继续赚千家万户喜欢

这一千万不赚足不罢休

在这领域再抓流淌而来的时光炼金

写于2023年12月5日，载于《世界文化交流》2024年第3期

有马花诗歌节，有诗不平淡

李洪泰过日子过出诗意来
他举办一马平川马花诗歌节
诗人们写诗比赛获奖
获椒浆火腿椒浆酒青椒油
由此花椒麻味入诗
天下有诗，不再平淡无奇
诗有色，青青绿绿
不是红花椒红红果粒
别小瞧颗颗青绿小东西
可不是微不足道
天性跟红颜美女一样
笑一笑，麻醉麻翻英雄汉
何况密密麻麻的鲜绿
扎堆挤满树树枝枝丫丫
绿叶下麻劲十足
三步一哨五步一岗尖刀兵
谁冒进扎谁心
告诉读诗人，花椒虽小
只要有量，量到位
成气候，照样赢得一片天下
古今行行出状元
李洪泰就在绿色食品领域
被人们叫作麻王
参赛诗一首首有特色滋味
不再一味甜言蜜语

或酸不拉叽或苦短尖涩

可以读出麻味来

读，如吃重庆火锅安逸

如吃麻婆豆腐

麻得过瘾，辣得过瘾

发热，面红耳赤

透露的麻辣青春的光彩如此鲜艳

写于2023年3月26日，载于《世界文化交流》2024年第3期

平川街上的油煎黄粉

平川街上的油煎黄粉
见不得，连名字也见不得
见字如见油煎黄粉一样
正正方方一块块
煎在圆圆油油的扁锅里
黄得片片都灿烂
吱吱吱腾云如游丝飞絮
香，向四周弥漫
赶街下山，街散上山
进街出街的人群
街街有一些人分流出来
前前后后跑到摊前
久违的油煎黄粉　见不得
见，退回少年去
下庄街口一幕幕场景
反复置换到平川街口前

兄弟挑柴回来进街口
卖油煎黄粉的婶娘拉住不放
不买柴不揽生意
是拉着吃油煎黄粉
不要钱，添不断
得空还掏出围腰里的针线
给兄弟俩补补连连
这种好事兄弟俩常碰上

凡是逢七赶街天
碰上得吃柔软香爽的油煎黄粉
婶是父亲喜欢的相好
是母亲去世后遇上的
她没一副肩膀依靠
兄弟俩挑柴常送她家
摊子边火盆里的火
烧着兄弟俩前些天挑给她家的干柴

2023年3月25日

平川有一个温暖寒夜的词条

借一个诗歌节的机会
闰二月,我放眼扫描平川
获得重大发现
平川有一个充满热量的词条
能抵御高寒山区的高寒
山民从前在冬天温暖过长夜

这个发现颠覆我的观念
头发——换针
是唱是唤　声声悠长
是大理婆姨结对走村串巷
背大尖底篾箩
拿三五根、七八根针
纳鞋底的大针
钉被子的针,缝缝补补的针
洒花布上洒花针
换走母亲梳头攒下的掉发
塞了一墙洞眼的长发
现在晓得这个买卖真情
以往拿针换头发的
不只是大理的婆姨
还有平川女人
平川人擀毡条
集千家万户头发与羊毛
擀一条条毡子

卷起来，放开来
冬天铺在夜头、挂在日头
把俗语"凑毛成毡"的意义
具体展现出来，一览无余

这种毡条我在冬夜睡过
在毛栗坡百姓家
感觉一夜躺在温暖上

2023年3月29日

百年水碾糯米面

有阅历的人吃汤圆
选择平川百年水碾糯米面
吃，吃出一些意境来
没阅历的目光浅
望不见水碾糯米百年画面
甚至南诏的阳光月光
光合作用美好
十月里小媳妇下田
割一片片黄瓜大糯稻谷
谷有婀娜女子的体香
人，散发着稻子香
平川不平，山多山大坝子小
有响水箐就有碾坊
碾坊内的石碾盘
盘内石碾子咕噜咕噜团团转
石盘内黄瓜大糯米
让石碾子碾成细腻的面粉
碾坊下，水带着大山的力量
亲爱的，你没阅历
没这些深远意境
想吃汤圆，图方便
跑超市提袋思念
那除了糯甜，没更多想头

2023年3月29日

人生百味，我多一味朱苦拉

你有人生百味，我多你一味
几年前走进大理读吧
意想不到朱苦拉入心入肺
暖暖的，香香的
从一双柔软的手上端来
主人的热情热气腾腾
来，品一杯朱苦拉咖啡
产自宾川的平川
是百年前外来种子的后裔

大理地区也产咖啡，啊莫
这是你我此前闻所未闻
不是缺少宣传广告
要怪，就怪你我孤陋寡闻
大理读吧意外收获
从此，我人生有一百零一味
突破无知　突破原来观念
咖啡不来自国外
来自见识过的怒江坝
喝过朱苦拉咖啡
会思想平川生产朱苦拉的环境
想一坡一坡的山坡坡
高温里朱苦拉一树树一林林
想得多，会神游

明白朱苦拉在彝族同胞嘴上
是弯弯曲曲的小路
九十九道弯八十八个坎
咖啡生长在这样的地方
就取名朱苦拉
也说明平川不全是一马平川
也有这凹凸山区
凸是大山，凹是峡谷
谷里渔泡江，山上朱苦拉村

写于2023年4月9日，载于《大理文化》2024年第7期

卷九　拉乌

从前地名叫峨溪的拉乌

拉乌,一身立体气候彩装
站在河头上的热浪里
自在清爽
插戴马缨花的头颅
永远冷静沉着
用满身血脉滋养最好植被
让每条霓裳皱褶
都是秘境内的天然氧吧
让核桃箐过客
来凤溪梯田拍摄者
吃过渔泡江的鱼虾
带壳薄肉白味香核桃回家

拉乌在横断山脉东边
金沙江南岸
一九五二年的一天出嫁
由祥云县西北
嫁入宾川东南
出嫁前名叫峨溪
跟她一起出生长大的女子
及日月花朵凤凰
有过数万次轮回
跟她出嫁的闺蜜伴娘
不陪左右不随从
就还魂于一涧一溪

唯她极其非常
一副长生不老模样
绿在大理楚雄两州三县交界
坚持天蓝地绿
不管嫁与不嫁
嫁，只是改改户口名
变变归属身份
立足之地还是老地方
寸步不离，过千年万年照样

2023年4月1日

拉乌核桃与米甸核桃的关系

到祥云米甸马不停蹄
继续向国家级生态乡的光环走
深入宾川彝乡拉乌
七十四个自然村七十七条山箐
山山翡翠、箐箐核桃谷
核桃树是几百年的核桃树
树树高空搭棚遮烈日
盛夏里给避暑生命片片阴凉

世上生命长长短短
最牛一条一生行走故里
也有没走过角落
况且异乡万水千山的风情
我跟拉乌有两段缘
上过海拔三千多米的烧香山顶
走过碧水磨盘箐
到过大氧吧箐门口
见过拉乌一些自然植物命脉
根连祥云米甸山水
其间有高大的核桃树
同自羌朗香么岁两个地方的一样
都是一两人合抱
几百年轮旋转主干内
都是枝繁挂果万数
交界这边　树根伸到那边地下

那边树叶那边核桃
落在这边土地上
就跟米甸核桃不分上下
都是个大壳薄果仁白美鲜香

2023年6月2日

彩云的一缕青绿流入山那边

七彩祥云有一缕是青绿的
翻山翻到祥云米甸山那边
就游往彩云流下的一缕青绿内
那缕青绿,名叫拉乌
两百四十一点零一平方公里
森林覆盖率百分之九十三
入眼就是大片碧波起伏跌宕
其他小小百分之七
大多数还是绿油油的田地
小到极点是七十四个自然村
合成七个村委会
以及互通往来进出里里外外的路
这样大青大绿的地域
在金沙江主支流渔泡江上游
罕见,若翻岁月
翻出那缕绿色彩云的下落
落成原始清波碧浪浩浩荡荡的大海
现在青青群山条条水箐
本是波峰翠谷。大村小村人家
本是船,打鱼船群
条条大路小路本是缆绳
拴船停泊,不再流浪
现在是联系群山出入的路线

2023年7月26日

过日子是过海

每一个日子都是一个海
过日子就是过海,过一个个日子
就是渡过一个个生活之海
八仙过海,踏波逐浪各显神通
拉乌,群山起伏的地方
皆是跌宕的波峰浪谷
山民不是仙,过生活之海必须乘大船
必须有船长带领大家过
各自划独木船,
心跳在随时都有颠覆的风险上

拉乌乡一户户彝族山民
夏秋上树打核桃卖　爬山找菌子卖
虽说树树核桃果实累累
山岗上林下资源丰富
可交通闭塞各自人背马驮才能出山
走不远,充其量到县城
且群山上的山民都出来赶集
手上的山货,县城咋消化
山珍卖不到好价钱
且夏秋一过冬春拿什么卖
过名叫日子的一个个海
拉乌乡的山民,自渡难上加难

为拉乌乡的山民过上好日子
有人造大船带山民一起过海过日子
夏秋，碧鸡村、新兴村
箐门口村万亩核桃滚滚而来
立马开起机器烘干核桃
分选核桃包装核桃销往远方
远达广州深圳珠海沈阳
年均八百吨薄壳核桃都有希望
顺应市场需求建加工点
十八个点在祥云米甸镇、刘厂镇
宾川金牛镇、平川镇
及拉乌乡七个村委会
几百几千双手轻轻巧巧弄过
出壳的香香白白的仁
起航运往上海、广东、广西
陕西、河北、贵州
不止核桃还有松茸鸡㙡牛肝菌
冬春发动山民弄贡菜弄得生机盎然
此船二〇一四年开始造
造在碧鸡村委会哨房山
当初的果蔬专业合作社
已是农民合作社　省级示范社
山臻农业发展有限公司
已是农业产业化州级重点龙头企业

写于2023年12月6日，2024年入选中国文联出版社出版的《致敬中国诗歌探索者》一书

深山深夜的响声不同凡响

快十年了,深山通车通电
拉乌乡碧鸡村委会自然村哨房山
每逢八九月、十月深夜
总是发生一种奇奇怪怪的响声
哗啦哗啦如瀑布流淌
这响声,八九年以前没有过
跟亮堂堂的电灯一样
进山出山的大小汽车一样
以前没有过。这以前
是山间大树几十几百年前
大山小山几万年前
离响声远的人听见翻身又入梦
梦打下树交出去的核桃
哗啦哗啦回来是张张百元大钞
离响声近的人知情
知道儿子儿媳在加夜班
山臻公司的大厂房内
机器夜以继日加大马力烘干核桃
分选核桃,包装核桃
党支部书记公司董事长
总是在现场夸员工个个好样
贴近此地的诗人知音
摸着的是万年大山的脉搏在复苏跳动

2023年12月9日

拉乌箐门口一场攻坚战

天睁眼闭眼，一千八百回合
宾川赫赫有名的唐军
家里，城里，石榴园里
都极少见身影
除非县总指挥部召集开会
他是一枚过河棋
离县城一百公里扎营
与全国各地一起打响脱贫攻坚战

箐门口。拉乌乡的一个行政村
一口包含七个自然村
唐军至此转出转进
不管是上向阳坡还是下背阴地
都及时走村入户入情
晚上　在火塘边白话下白酒
白天　进晒太阳的人群里摸底
摸清查准其中的贫困
如魔缠住一些村民
开始唐军摸不着头脑
很快，二百六十九家情况门儿清
六十三户一贫如洗
建档立卡，摆上重点位置
住的吃的穿的全部放在心上

知情，主攻方向明确
就带着目标向目的地挺进
硬是走通最后一公里
把狭窄的条条山路踏宽　走长走长
通，里通偏远人家
条条脑筋尽头片片灵魂深处
通，拔除思想贫困
把手上阳光放入阴凉心底
要我脱贫一律变更
腾起我要脱贫的志气
通，外通箐门口山那边天宽地阔
企业与贫困大学生
结对帮扶路，自来水路
电视线路车来车往的路
通，给贫血重症者输血造血通路

解决贫困重点双管齐下
齐头并进，送吃穿送争取来的资金
改造危房，恢复生机
开发生产活力，奋发图强
带贫困户去长见识
请企业家、农技专家来传经
来提升种植养殖技术
直至落实到位，生根发芽开花结果
唐军就是这样
在拉乌箐门口追着日月走
走过一个又一个轮回
直至白天村村已经难见人影
要见，得电话预约
村民一个二个不再等、靠、要
有的出山打工，有的

找块撂荒向阳地栽青花椒

有的养羊肚菌养豪猪

有的去核桃谷开发生态旅游

锣响鼓响，攻坚战结束

箐门口贫困户，全县第一家清零

这些文字从泥土里刨出来

素材，箐门口一朵花，上面带着露珠

下冒热土地气。谁戴花

村民亲切喊唐主席

不领工资的县工商联主席

农民群里走来的企业家

政治面貌：中共党员

大打一场脱贫攻坚战的五年里

放下自己的企业，来扶一道道山梁

写于2023年12月12日，载于《文学家》2024年第2期

见玉兰花想拉乌一名叫玉兰的女子

冬末春初以来的一些日子
冷的，热的一个个
都开成了玉兰花
冷日子有的开成雪白冷色的
透露着柔骨苍白
稍热一点的日子开成紫色的

属于前一些日子开放的
日子过了就谢了
属于今天的正在开放
属于明天后天的还是花苞
今天看见玉兰花
想起一个名叫玉兰的女子
想起她就盯着朵朵玉兰看
觅一树一枝一朵
跟她模样性格一样
紫的太艳她不娇艳
白的像，但不完全符合
她还是有声有色的
她漂亮，说话轻言细语
来自叫拉乌的大山里
跟白面书生一样的木匠来
来禾甸从没跟人红过脸
也不跟别人多去少来
只管好好工作　相夫教子

有贤妻良母的温顺
想到这个地步眼前倏然一亮
那树开放的那朵就是她
不是那种白里透红
是有些温润金黄样子的太阳色

亲,这个女子你熟悉
个高,如玉,温润秀丽
曾经跟我一起面对面工作
几次找过你,不为别的
只为两个宝贝儿子打针吃药

2021年2月18日

清朝，来凤溪出了个了不起的人

自从多了个米甸香么所的朋友
就多了条进山的路
不止进香么所，还时不时进拉乌

到过拉乌见识过来凤溪
使法子，让读到下面文字的读者
随机应变
变，不变祥云的就变宾川的
变，脱离现有的见识
二〇〇〇年以来，云南十万大山里
高速公路铁路隧道群
穿过座座高山重重艰难险阻
神速，便是交通神曲
二十世纪五十年代至八十年代初
祥云修水库凿隧洞沟渠
旱坝，在农业的命脉里变绿洲
二十世纪九十年代初
宾川打通老青山隧洞，引来洱海水
大理州，又一个旱坝变绿洲
变，完全脱胎换骨
不知不觉出现在乾隆年间的云南县
做一个山里的放羊娃
听着三年两季荒的歌谣成长
看着村民祭龙求雨
看着山那边外县有水流淌
看着县内逃荒的青年

三十晚上讨媳妇，初一、初二就出门
踏上唯一的出路，夷方的路
马蹄声铃铛声响来响去的古驿道
看着只有奶奶坟，潸然泪下
恍惚间，身边有白发老翁飘然而至

老翁手指山下邻县的一江春水
说，三十而立的汉子
该给脚下大山凿通一个洞
把那水引到山这边，造福百姓
听着老翁的话惊恐万状
摇头，一个劲地摇，摇得像拨浪鼓
没本事，不敢乱动
动着山的筋骨，惹怒山神
给村民带来灭顶之灾
白发老翁哈哈大笑，笑罢
变，时间、空间、场景一起变更
清道光二十七年春天
拉乌来凤溪山民对歌打跳设大宴
庆祝引来滔滔泉水
变，站在披红挂彩的李荣贵面前
肃然起敬，敬其魁梧
敬其敢想敢干，带领一方百姓造福未来

李荣贵在曼支山放牛三十年
寻找水源三十年
见山那边大姚县内老鹰窝的山泉水
天天白白淌入渔泡江
从未上过学堂的李荣贵跺山一脚
动员村民抛弃迷信
树立信念，万众一心开洞引水
干起来，李荣贵有法子
用打猎瞄准的原理

夜间在山顶竖火把定方向
用竹槽装水定高低落差
用香么所煤炭洞架镶木嵌皮柴的方法
控制坍塌，避免伤亡
用支砌起来的石头封住隧洞漏顶
用五百个日出，四千个工
数百个铁锤数百把锄头数百把镐子
硬给支曼山凿穿一个洞
长九十八米的隧洞
开出山那边洞外进水沟渠三千米
山这边出水沟渠五千米
引来泉水灌溉来凤溪田地千余亩

眼见为实，激动，佩服李荣贵
佩服得五体投地。下定决心不怕困难
向李荣贵学习，造福百姓
变，起身一变，回到二十一世纪当下
变得阅历丰富，有历史眼光
看过去看现在看得通透
云南县，一九一八年改名祥云县
拉乌，一九五二年划入宾川
现在各地建设现代化，日新月异
对李荣贵，照样心存敬畏
李荣贵没文化没当下现代掘进神器
能干出这件惠民千秋的工程
不简单，不敢小觑，不敢视其微不足道
试想想，没测量仪器
打洞打进大山腹中，向前一寸一尺
塌房，瓦斯爆炸，会要命
方向，落差，出了错，更要命
差之毫厘，失之千里
洞就是一只看着笑话不眨一眨的眼睛

2024年1月26日

卷十 钟英

在钟英乡遇见傈僳族同胞

走在钟英乡皮厂街上
遇上三五人，必有一二是傈僳族
走进金沙江沿岸唐古地
芝麻登、赵卡拉
遇上的男男女女
十有八九都是傈僳族。遇上他们
不管时代变迁、穿戴变化
都万变不离其宗
眼前自然浮现以往第一印象

男儿穿着喜鹊装
白色短衫黑裤子，花边裤脚
黑布绕子大包头
左腰佩砍刀右腰挎箭包
阔时节上起雄风
大展上刀山下火海之神勇
女人能歌善舞
会走路就会跳舞
会说话就会唱歌
舞如树影婆娑，摇曳多姿
歌是金丝鸟金丝歌
最美神色神采
山清水秀一样的清秀女子
盛装，七彩祥云裁缝
头上身上佩戴星月，叮当响亮

2023年4月21日

来自天子题词赐匾的乡名

离京城一万八千里
远吧，没飞机没火车汽车
骑马八九个月或十个月
离省城千里，远吧
离州府三百里
远吧，离县城一百五十里
叫云护甸的地方
远！远在云南高原
滇西宾川东北
山重重水叠叠　层层包围
其意境顾名思义
甸，还是云遮雾绕的甸子

石头里蹦出猴子
名震天下，《西游记》里见过
云护甸，山高皇帝远
却在清朝光绪年
朝阳一门蹦出两个进士来
天子题词赐大匾
钟灵毓秀，地灵人杰
乡绅乡民取圣意
钟英，更替云护甸名
由此响亮的钟英
声声回荡天地灵气
山川秀气，人才辈出

2023年4月22日

钟英，爱远嫁而来的香妃

就在江边，金沙闪烁的江边
钟英，年年渴，多少万年来都很渴
望着滔滔奔流的江水
就是喝不着，弯不下坚挺的腰
低不下仰望天空、遥望远方的头颅
只因不在海洋边
不能望洋兴叹，只有望江兴叹
望得远方一次次来云
临了，年年只洒600毫米
多出一小点点的雨水，咋解得了渴

就在滇西大理，在宾川
钟英，没苍山高大，没鸡足山驰名
在众山间也不是矮子
最高海拔3217.5米的地方
是仰望天空的头颅
最低海拔1100米，是脚趾的缝隙
若站在一片海洋边
就是万顷波涛朝拜的对象
可是，被视为站着坐着躺着的钟英
就在宾川东北部
东临楚雄大姚铁锁
南与平川是手足兄弟
西临丽江永胜片角，北以金沙江为界
跟永胜鲁地拉遥相呼应

还好，都是充满阳刚之气的表兄表弟
若是一对两情相悦的男女
那就是看得见
不能携手不能相抱的牛郎织女

就是这样一个金沙边上的钟英
热，干燥，却弯不下腰去喝江水
蹲不下身去捞金沙江里的金
自古没有腰缠万贯
胸上戴过这样那样奇异的名花
也留不住，进了城市公园
或三坊一照壁四合五天井的人家
好在跨世纪岁岁年年
穿一身绿衣，头戴粉色小花的香妃
远道而来，以身相许
成了钟英的最爱，爱不释手，真的

远来的香妃，名叫香叶
你去芝麻登村委会咪子登自然村看看
绿油油的，漫山遍野
比韭菜能割，每年采剪十轮
每亩出油一百三四十斤
每亩收入万余元，别说一个钟英
就说个人，拥有十亩
也就腰缠万贯
钱壮胆量，说话响亮，一条男子汉

2024年6月20日

奇妙之香,从唐古地飘来

某日,一股奇妙之香扑鼻而来
引起了我的重视,开始寻找其来源
下关风吹,奇妙之香四处飘荡
目光随之到处扫视
好在还有神助,如愿以偿
神定住风,扫视的目光有了方向

之前,扫视过苍山洱海
州内每一片大地大起大落的皱褶
造成道道山梁条条沟壑
深箐,峡谷,江河
每一个坦坦荡荡的大小坝子
这一次扫视有发现
之前未曾认识的山川河流
花草树木,飞禽走兽
村寨,风土人情
这次,目光进入大地的一条褶缝
遇见一个世居民族
大理市辖区没有
祥云、弥渡、南涧、巍山没有
漾濞、永平、云龙
剑川、鹤庆、洱源也没有
唯独宾川钟英有
此乡唯独唐古地村委会有
与其他地方大不相同的奇妙之香

就出自唐古地的小松坪

目光重视这个民族
看他们独具特色的衣着
将某些果子叶子的汁
挤出来泡染
缝好衣服，缝上星星，配上漂亮的银泡
夏日里的彩虹
好看，就剪下所需的一段
装饰黑底色的衣裳
穿起来舒服
男子还裁宽二尺长一丈二的黑布
早起包裹在头上出门
不只能避风寒，还具有一种威武感

落到这群人身上的目光
透视到他们的古往今来
他们顶着春秋太阳战国月亮来
打虎，烤虎肉吃
打猎打到这里的，远离了族群
来了就驻足
见当地民族种地过农耕生活
就放下打猎的武器和危险的奔波
与当地民族打老庚① 做兄弟
与飞禽走兽和谐相处
开始养家畜，种地，栽果树
他们不再烤野味
烤，只烤茶，烤出别有风味的香

---

① 打老庚，指与同年生，但不一定是同月同日出生的人交朋友，结为兄弟。

他们有古老的族名叫拉祜
在五星红旗下过日子
越过越自在，越过越幸福
节日，烤香茶，载歌载舞
欢呼起来：拉福！拉福！拉福
像傈僳族彝族过火把节
喊火一样，火！火！火……把火喊旺

2024年6月22日

阳光的种子生长出来的使者

现实竟然有你这样一个家庭
在金沙江岸边的山村里
其中一个院子住着你的全家
六口，四个民族
汉族，彝族，傈僳族，藏族①

隔山打牛打不着你家的牛羊
过节却想得到你家格外不同的情景
家庭成员各出一个节目
来自载歌载舞的藏族卓玛先上
唱着，舞着；听着，看着
就是奔腾的雅鲁藏布江，起伏的雪山
迎风飘荡而来的哈达
来自山林树根交织的彝族
打歌，院子不再是土地皮
若还是，就跳得冒一股股云烟
邻村拐个弯来的傈僳族
顺手掐片树叶放嘴上就是叶笛
笛声引得山鸟纷飞而来
大有百鸟朝凤的感觉。儿子配乐
敲盆的敲盆，拉二胡的拉二胡
该你上场你上场，号召合唱
你清清喉咙领唱，唱支山歌给党听

---

① 钟英乡唐古地村党总支原书记杨佐坤一家六口有四个民族，即汉族、彝族、傈僳族、藏族，生活融洽，堪称民族团结的典范。

唱过，你一张笑呵呵的脸
灿烂无比，温和无比
让我想起你的个性，和一个比方

你是阳光播在山里的种子
生长出来的阳光使者
代表高处的太阳，温馨，人人爱靠近
你不只是小院的，还是大村的
你说的汉语像甘泉一样
从你心里流淌出来的是阳光溪水
一家四个民族的人都爱喝
全村各民族无一不爱喝
你知道自己一生的责任
除了温馨凝聚各族兄弟姐妹
还要照着走路方向，往前走

2024年6月27日

离开一段爱发脾气的金沙江

这一段金沙江爱发脾气
常常怒从心头起,恶向胆边生
从江中　从两岸
抽出阴电冲向空中
跟天上阳电厮杀
阴阳两界碰到一起　扭在一起
拼出一个个炸雷
打出一场场瓢泼大雨
冲得大山发抖
左岸滑坡,右岸泥石流
沿岸百姓苦难重重
祖辈从战乱逃来
子孙还是受灾受罪
即使雨过天晴
这段金沙江还是面红耳赤
内心波涛汹涌
叫沿岸百姓吃苦受罪

共产党领导百姓搬迁
选好位置整好土地盖好新房
弄好水电学校卫生室
让搬迁百姓搬进幸福里
钟英乡的大龙潭
豹子厩、味朵、宾马
拔寨搬入大松坪,远离痛苦

2023年4月23日

钟英乡有块如意刮金板

这些天,我的日子像闹饥荒一样
歇不下来的一双手
摸口袋底一样
摸钟英乡一个又一个山窝
翻书一样在翻
翻钟英乡一片又一片田块
摸到皮厂山窝底
翻到一片两季稻田
吃惊起来,原来
童年向往的地方,不全在远方

不全在祖辈赶马奔走的传说里
怒江坝,西双版纳,元江
咱们大理州内也有
就在离祥云不远的宾川
田块是如意的刮金板
水稻每年两回熟　刮金刮两回
田块,望着望着又金黄
望着望着又金黄
不像我的家乡气候凉
每年栽一回秧,还等雷响
岁岁缺粮,最缺稻米
童年,买一碗米饭全家分享
更怪不得祖辈赶马人
有些人,出去出去就不再回来

2023年4月25日

皮厂酿的钟英小甑酒

傍晚靠近金沙江南岸皮厂村
远处西下的夕阳
是喝过酒的一张老脸
在埋头沉入睡意中渐渐退隐
远处近处的山头
座座都是十分沉醉的样子
看什么都模糊不清
都由远及近地拉起夜幕盖起来
擦黑走进皮厂沿路走
弥漫的酒香迎面扑来
丝丝缕缕入细胞
路过的人家都搞原生态酿酒
苞谷酒荞酒米酒
喝酒的男人酒瘾大发
随便进一院一户去
都遇上主人上菜喝酒吃晚饭
菜是采来的野菜
酒是刚酿出的热酒
见客来一家人个个起身让座位
来来来，喝一碗
热酒入口，丰满醇厚
放下酒碗拈菜，回味悠长
次日上县城进馆子
吃羊肉打一斤苞谷酒
敞杯尚未饮，就是满堂生香
喜中问老板，哪儿产的，什么酒
老板回话，钟英小甑酒，皮厂酿

2023年4月25日

卷十一 力角

祖父嘴上喊的义交

宾川北头力角一条街
路过多少次进过多少次馆子
记不清。月光下
遇上赶马的祖父开亮打酒
力角他老叫义交
听见鸡叫他起身离去
天亮我心里满是力角的阳光
纳溪河海良段
与永胜县交界处的阳光
我目测过，光线长
比照射我家乡祥云城的光线长
长出约一千米
阳光热情温度指数高
年均十八点六摄氏度
年日照时数二千七百二十小时
属于日照较长的地区
地球上这片地块东南高西北低
皱褶里的花生葡萄水稻
养八十一个自然村
彝族白族纳西族傈僳族
十六个少数民族
只要不熨平不颠覆
年年的阳光都酿出金色的太阳蜜

2023年4月14日，载于《宾川时讯》2024年12月6日

力角猫猫山变色变美

秋天面向猫猫山，想起老模样
不像跳过江石老虎
倒像金沙江的一个流浪神
流浪过三五万年
来到力角地域不再流浪
又等机缘三万年
等到荒草丛生头发胡子一把抓
二〇一五年有人抓着冬尾巴
跑上跑下扒开荒草考察过
金丰汇农业开发有限公司
向它头上砸下四千八百万元
结果，乱发一样的荒草
摇身一变蝶变美艳
从头至脚，一山井然有序
树树年年迎接秋天
挂出一个个红灯笼一样美的圆

猫猫山上一个个圆不是红灯笼
虽白天红得格外鲜艳
时机成熟有人迫不及待打开的圆
内心红红润润万千籽粒
还是抱成一团圆
粒粒堪比红宝石红玛瑙
美到让人舍不得下口咬下去
眼馋嘴馋实在忍不住

放入嘴里甜蜜入心尖

嚼着，籽粒颗颗软甜

它们是突尼斯石榴

一九八六年，突尼斯与中国建交

当作国礼送中国六棵友情苗

青春友谊蓬勃大发展

猫猫山有缘变成突尼斯石榴山

第一、第二年初见成果

产值达一千七百五十万元

目前汇聚农户上千

一万三千亩的产值上亿元

红红美艳甜甜蜜蜜

猫猫山秋天是美滋滋的大秋天

2023年6月29日，载于《宾川时讯》2024年12月6日

大会处的一段龙身

分明就是一段龙身
让人截头去尾一气掏空内容
在清朝嘉庆六年
一座渡人渡马过往的桥
静静卧在大会处的碧秀里
你若来上上下下看
前前后后看，左边右边看
穿过龙身来回看
不假，真是一段龙身形态
你飞起来细细俯瞰
龙的脊梁骨笔直
脊梁两边的条条肋骨
在村民一次次修缮中被拉直
让覆盖的层层鳞甲
共同做成遮雨的人字形瓦屋顶
龙脚深深插入涧水里
前两只紧紧拼在一起做前桥墩
后两只也是如此
共同做成一座三空桥
其他龙骨做成金黄金黄的骨架

这里的大会处不是开大会的地方
是力角镇的一个行政村所在地
听起来奇怪且时尚
碧秀是个自然村，叫碧秀庄

喊起来，听起来
简直是天女留下的一个玉坠
此桥现在叫岩涧桥
静静卧在桑园河上
岩涧桥原名叫永宁桥
顾名思义，从前洪水泛滥
若你有兴趣一头扎入历史
浮出日，定会手捧一部屠龙记

2023年7月24日，载于《宾川时讯》2024年12月6日

在力角遇上祥云老乡

自从宾川开一个口
就告别房子挤房子的地方
力角修一条上山的路
就往前走大胆上
高效节水项目落满山坡
就开三亩地
栽上三亩突尼斯石榴
挂果几年来
年年有十万元人民币
是两口子的年收入
比在老家翻了二十番
路那头两个女儿
有学费读大学
老大读出来在城市
老二正在花钱
分分厘厘花在远大希望上

到宾川力角做客
听见人群中有人讲祥云话
感觉有些意外
循着声音来的方向找过去
是彭朝花家两口子
他们来力角找新的生路
日子如磅出的石榴
个个甜，叫我深感欣喜意外

2023年7月24日，载于《宾川时讯》2024年12月6日

应邀去力角杨蓉家做客

七月，应邀去力角杨蓉家做客
客人们都称心如意
又吃又带，满载而归
带着一天愉快的心情
和穗穗蓝宝石　穗穗阳光玫瑰

感觉得到，热河谷力角
就在火焰山附近
自己由农村户口奔出来
虽过去几十个春秋
仍知道这些吃的带的来之不易
都是汗珠珠掉下去
入土又顺应希望飙升出土
悄悄爬上青绿枝间
默默吸吮春的阳光春的雨水
雨水不足接收滴灌
直至粒粒饱满圆润光鲜
红绿紫黑坠入纸袋
专家喜悦之余忙起来
从词库里挑选最美的词为其取名

做客一天真不忍心又吃又带
见到杨蓉一家的笑脸
听说他们一家十亩葡萄已卖出去
见猫猫山放下心来
就一天满足一心一意好心情

2023年7月25日，载于《宾川时讯》2024年12月6日

刨根问底问到周能村

东南亚南亚有一些好奇
五月遇上以往五月没见过的东西
颗粒饱满色泽鲜艳
似红玛瑙，如红宝石
刚开采出来做成穗摆在天光下
摘一粒放进嘴里轻轻咬破
没核没籽粒。轻嚼
滑嫩爽口，蜜水绕齿漾魂
好奇，双眼光亮闪闪
咽下一口水，追问来历
追到中国，追到云南
追到大理洱海东岸的宾川
直至追到力角周能村
这是充满热量的干热河谷地带
金沙江金子难买一次冬霜
一片葡萄世界　大棚内
左右成排葡萄树，树树搭成绿荫
有些棚内葡萄还在
追问，报上姓名说明原因
是火焰无核，留一些给当地市场
再问为何熟得这么早
追根追到村支书头上
今天再晚也是早　明天再早也是晚
村民按照支书思路走
早剪枝，来年早做枝，早结果
火焰无核品种顺应市场
沿这条思路早开花早结果早成熟

2023年7月28日，载于《宾川时讯》2024年12月6日

梨花溪何洁霞一家是力角的

认识到这步，经过长达九年的时间

认识何洁霞，跟她女儿相关
七年前，差不多有两年
跟她天天在一起
白天，太阳睁眼闭眼之间
不在 50 栋 51 栋楼房的院子
就在几百米外的天桥下的观光电梯口
或南行一百多米的球场上
在一起的不止我，还有小区里领娃的
老人，大婆娘，小媳妇
都有。她领快满一岁的女儿涵涵
我领半岁多的孙女熙熙
在一起久了，互相会问哪里的
她说大理湾桥的。二十来岁，偏瘦
不高不矮，不娇，不艳
带着零食，都给小朋友分享
听说我想买一个像她那样背娃娃的小裹背
没几天，她回娘家就给我带来
裹背面子是洱海东方那片朝霞
上面开的花是苍山的茶花
何洁霞比在场的都辛苦，领娃娃
还挣钱，时不时发送信息
背着娃娃送货，收货；收款，付款
经手的钱进进出出
两年后涵涵和熙熙各上一个幼儿园

见面，变成偶然发生的事
在院子里见她和她老公带着涵涵
不是出去，就是回来
她叫我阿叔，她老公也这样叫
她老公是个文文静静的俊男
哪里人，姓啥，我不知，也没问
几年后，何洁霞生二胎
院子里多了个领幼儿的老奶
一天，老奶向我借手机打电话
才知道她是何洁霞的婆婆
这老奶六十来岁，精神好
偷空捡来泡沫箱装上土种上葱
摆在院子里的边边角角
没几天出苗，长得郁郁葱葱
我跟家里人夸何洁霞的婆婆会过日子
老婆的话让我惊叹不已
还由此知道何洁霞婆婆的来处
周六周日，何洁霞在家
婆婆就回宾川力角跟她的老头搞生产
夏打理石榴，冬种收贡菜
没事就给人打工，每天苦两百块钱
听说何洁霞婆家是宾川力角的
意外，遇上她老公就问
进一步知道是力角镇戚家庄的
何洁霞的二女儿叫燃燃
两岁了，漂亮，乖巧，院子里见
就清清脆脆甜甜地喊爷爷
院子小孩多时，她叫，就此起彼伏

何洁霞一家，是力角人在下关的代表

2024年6月28日，载于《宾川时讯》2024年12月6日

尾声 宾川恋情

去宾川见识洱海的一片真情

洱海，年年秋冬满满当当
苍山水，洱源水
雨季都以饱满精神放开胆量
兴冲冲往洱海挤
直至冬上你来大理下关
像蓝天掉下来一样
蓝莹莹的洱海
在下关风里一浪追赶一浪
由远而近奔来
大有上来吻你双脚的激情

洱海，春天一来立即瘦下去
六一，你来看洱海
三百里海面，水位下降一米有余
这么宽广这么深厚的海水
被下关风刮走　不可能
被太阳收走　不可能
从前你在海边上学没见这回事
不知情的你先是吃惊
后是迷惑　在苍山飘来的云里
直至后来有一年春天
带你翻过海东大山
你才豁然开朗看清真相
海面有一层一米厚的水
原来铺在宾川坝子里

长一地绿油油甘蔗葡萄蜜橘
你才知道引洱入宾工程
惠泽宾川是洱海的一片真情

2023年4月18日

引洱入宾工程管理处的宝公祥

老青山下瓦溪河畔大青树下
引洱入宾出水口一个独立大院子
似庙非庙像民居非民居
是水管所　是引洱入宾纪念馆
六月二十四日来这里
遇见多年不见的老乡宝公祥
他在墙上，我在墙下
他在展板之中一张摄影图片上
我在墙下人流里参观
其图片下方有一行字
宝公祥代表管理处祝贺隧洞贯通
没有这一行说明文
就认不出图片上的宝公祥
他胡子拉碴一脸风吹日晒的沧桑
满是睡眠不足的模样
他穿鸭蛋绿衬衫深蓝色外衣
外衣是六五式军装战士服那一款
他两手拿着笔记本
麦克风旁摆着个茶水瓶　是罐头瓶
二十世纪八九十年代
人们吃过难得吃一回的罐头
空空玻璃瓶留下泡茶喝
外面让家人织个套，随身带
讲桌上宝公祥喝水的就是这一种

管理处全称引洱入宾工程管理处
原称引洱入宾指挥部
宝公祥是处长，原是指挥长
省州要实现宾川千年梦想
引洱入宾，让口渴的宾川不再渴
调兵遣将，调祥云两大将
来当书记，来当县长
祥云打过水库打过隧洞上百
李季兴、宝公祥浑身是实战经验
宝公祥进宾川七八春秋
不管家中承包田里秧烂谷子黄
枪响子弹飞　一头干到底
全心投入打通贯穿老青山的隧洞上
他这样干，要求下属这样干
引洱入宾工程是大事，工期紧张

那天在展览馆的墙上见到老乡宝公祥
想回祥云禾甸见见退休的他
遇上他同村亲戚一打听
永远见不到啦，我的天
那些年他太累，现在完全进入睡眠

2023年8月23日

宾川坝子的植物饮水思源

春秋反反复复轮回这些年
宾川坝子的植物
葡萄、柑橘、石榴或苞谷、大豆
喝着解渴的洱海水
地下深远延伸的根须
触摸到埋着的不死灵魂
无论远近,都在土里
触摸到关系密切者,自然而然
它们触摸到宝公祥
他八年拼命在引洱入宾指挥部
坚持认定的中心思想
水利建设,就是经济建设
田地增产造福农民
它们触摸到中铁五局十五名铁工
袁成友、邵建文
苏胜华、刘传德、谭兴明
周成昭、段高斌、杨令伟
陆旭松、朱邦辉
杨明光、杨德明
杨胜建、洪力、洪显冲
命交给七公里长的隧道
铁骨热血埋入一片红土壤
地下灵性根系发达
地上苗儿茁壮成长开花
年年实现硕果累累
全是：下饮水思源　上尽阴阳意愿

2023年8月24日

在巧合之中从前人终点出发

宾川排营甸头自然村的后山之麓
六堆坟前突然出现六个人儿
莫不是坟里出来的
时值五月，雨水还远在天边
穿红上衣的六人一字排开
站在未绿的山草中格外鲜艳
山雀知情，坟里六人
山脚引洱入宾纪念碑上有名
有籍贯年龄政治面貌
有单位中铁第五工程局，他们
三十年前在引洱入宾建设中牺牲

宾川跟前前后后其他县一起
拉开一条六百六十四公里的路线
目前正是战斗火线
打山洞开水渠架渡槽安装倒虹吸
引滔滔金沙江之水
解决沿线各州各县大地干旱
名叫滇中引水工程
大滇高原大壮举，前所未有大工程
神奇的地方有神奇的巧合
滇中引水，水到洱海
入宾，跟三十年前引洱入宾弥合
到达天衣无缝的地步
隧洞出口，同在老青山下

打洞人的使命更吊诡

竟然还是神一样落到中铁五局头上

山雀见来人年轻，面对坟墓鞠躬

面对墓中人信誓旦旦地说

战友，你们的终点是我们出发起点

写于2023年8月26日，载于《中国诗歌》2023年第9期

近在眼前的葡萄大世界

远在一万四千六百个日子前
在黑白电影电视画面上
外国的田里水泥桩成排　铁丝密布
后来知道是葡萄园
是可望而不可即的异国农庄
远在一万零九百个日子前
在彩色电视上
新疆吐鲁番葡萄果实累累
歌唱大又甜
还是远在天边摸不着吃不着
远在六千二百个日子前
跑到天边新疆吐鲁番葡萄架下
看得见摸得着吃得着
甜甜蜜蜜一穗穗红葡萄紫葡萄
不能鲜鲜送给亲爱的
只能买一袋葡萄干背身上

在三千六百五十个太阳下
近在眼前县城内
城西农贸市场，城南农贸市场
摆满邻县宾川的葡萄
想吃多少买多少　鲜鲜甜甜
近在去年太阳下
宾川已成葡萄大世界
十平方公里五十平方公里

直至一百平方公里
都没走出甜甜蜜蜜的葡萄园
城乡村庄道路河流不包含其间

2023年6月9日

那晚,见星空坠落在宾川坝

写百美宾川,最后灿烂一笔
及时落入一部史诗
成为其中一粒粒亮亮的文字
是见过的星空
不在头顶的天上
全坠落在辽阔的宾川坝子里
二〇二三年十月五日
有幸第一次遇见
望见的瞬间,暗暗吃惊
突发的第一念想
疑是宾川一坝子的甜甜蜜蜜
让忍不住的星空全坠落下来
现在的宾川坝子
除了一个个扎堆建筑群
就是一大盘的葡萄柑橘石榴

那天吃过别有风味的晚饭
带着一马平川诗歌节奖品奖状
从一马平川庄园出来
坐上中巴如坐上一条船
划在一堆堆绿堆出来的群山上
早出晚归的日子
早,不言自明,晚越走越黑
除了车灯照亮前途
全在一团黑色包裹里

唯有来到坝子边缘高山顶
见到高高的山下一大片星群奇观

见到坠落在宾川坝子的星空
成就一大片星星　有密有疏如星海
车，蜿蜒而下　蜿蜒而下
忽而望得见忽而望不见的星海
渐渐由深至浅越来越亮
不经意间，车一转弯
就拱入灯光辉煌密集的县城里
引发第二次念想
几十年前几百万个夜晚
光亮太弱的几支松明几盏油灯
融化不开浓浓夜色
如今不等天亮自有万家小太阳

2023年10月22日

由来已久的宾川恋情

缺吃少穿的童年就爱恋宾川
源于吃过听过宾川的东西
第一次吃宾川柑橘
感觉宾川是圆圆的金黄的
内心柔甜
第一次听说宾川落地松
感觉宾川是粒粒红、粒粒香
第一次听说宾川长棉花
感觉宾川是暖和的小棉袄
吃过听过就向往宾川
梦里就有跑宾川喊宾川的现象

梦过喊过长大行走过
上鸡足山放长视线钓诗和远方
祈愿,生活如愿
现在过日子爱宾川落地松下酒
爱约七八好友下馆子
下宾川人的饭馆
吃传统的、创新的风味
进饭馆我就喊
老板!煮三斤海稍鱼
上六碗霸王羊肉
蒸的、黄焖的、清汤的各两碗
外加落地松一盘、小菜一碟
钟英小甑酒两壶

饭后上水果也上你们宾川的水果

柑橘，西瓜，葡萄，火龙果

随便上来一样都行

我姓茶，茶免泡

有朱苦拉咖啡吗？最后来一杯提神

写于2022年3月24日，载于《大理日报》2022年6月13日

后 记

　　这是一部史诗,百美宾川史诗,是继《大理不止风花雪月》之后接着创作的又一部史诗。两部史诗算得上母子史诗。因《大理不止风花雪月》以苍山、洱海、大理古城、下关风城为中心,向周边大理州所辖各县辐射而去,写出各县最亮的点,直至展现大理历史与现实等风貌,而《百美宾川史诗》则是宾川专题。

　　《百美宾川史诗》的谋篇布局,采用方志体,横排宾川八镇两乡,纵向书写各镇乡历史和现实、风景和风情、地物和人物的重要亮点,符合宾川历史发展脉络。全书从头到尾,始终一个整体,是一首长诗,又是灵活分卷设块布局、重点亮点突出的一首首独立的小诗。说白了,每一首小诗既是独立的,可以单独欣赏的,又是一首与一首密切相关、密切联系,共同结合成一个宏大整体的。这是目前市面上唯一的,也是这部长诗最大最亮的点。全书卷首卷尾在内十三卷。卷首绪言"宾川印象"以点带面,卷尾"宾川恋情"拾遗补阙,都是择全局性几件大事要事书写。卷内八镇两乡十一卷(其中全县政治经济文化中心金牛镇设上下两卷)逐一展开,其排列顺序,因鸡足山在海内外影响力大,是宾川最大最亮的名片,所以从外宣角度出发,安排成卷一,其他排列则遵照历史渊源、历史发展脉络和现实影响等情况相继排列展开展示。其内容其诗意艺术,不仅可以让诗心平和、互相欣赏的诗人及大众、旅游者阅读,了解宾川前世今生、历史、人物、地理环境、风土人情、现实风貌,不仅将来可以做宾川申报评定历史文化名城的材料,也适合当地在校中小学生作为课外阅读书目,是一部在诗意阅读中轻松愉快认识宾川、了解宾川的乡土教材。

　　全书一百四十六首诗,跟上一部《大理不止风花雪月》一样,写起来,除了睡觉吃饭、住院治病时间外,都忙。忙于脱不了手的家务外务,忙于查阅资料,忙于明里暗里跑去默默地实地观察思考,忙于灵感到来之时的书写,根本没时间精力去考虑投稿,去零零碎碎发表。也是出于这个原因,两年多除了在朋友圈还有些互动，已极少在各个作家群、诗人群露脸，像消失了一样。二来是性格原因，觉得一台事做成了再说，没必要未成就表现张扬。于是，写作《大理不止风花雪月》和《百美宾川史诗》两部诗集，都没在家人和好朋友面前说，默默地做自己想做的事。这都是2022年至2023年7月底以前的事。在这段时间里，虽然每天早上都往朋友圈里发东西，发有我作品的"世界经典文学荟萃"链接，经常点开看的密友铁友都会看出来，其中我的作品不是新作，都是以往的作品。是的，是以往作品，是该平台编辑老师从中国诗歌网诗人主页里选发的。这让我很感激，让我在不投稿的这一两年里照样天天有东西发朋友圈。也很感激朋友圈里一些很铁很好的朋友，不离不弃地关注支持点赞。

《百美宾川史诗》跟《大理不止风花雪月》一样，写得谨慎，既是创作，就不全照搬照套。既尊重历史事实和现实真情，不瞎编乱造或华而不实，不说不沾边不靠谱的话，所述之事都有据可查，也做到有浪漫、有艺术、有灵性，有毁灭不了的灵魂，绝不是一些如写梅花桃花荷花，说是大理宾川的又不是大理宾川的随处可以安上名头的滥情。

《百美宾川史诗》在写作艺术上跟《大理不止风花雪月》一脉相承。语言，秉承自己近年的诗风，通俗易懂，不乏诗意浪漫，让人读得懂，有享受，有收益，不故作高深，不玩唯恐不高深就没水平的晦涩文字游戏；写法上，将史志谋篇布局运用到整部诗的创作上，来完成对一个地方全方位的展示，这无疑是开拓创新，为诗的另一天地打开另一扇门，走出另一条路，拿出别具一格的大样。

《百美宾川史诗》面世，也许有人会说，你放着自己家乡祥云不写，跑去写宾川干吗？我只想说情有独钟，只想说灵感随缘，只想说诗坛文坛可以策马纵横驰骋。

《百美宾川史诗》写作，除零星几首外，重头从4月初产生想法并陆续动手开始，到10月23日收笔，历时半年多。后来补写几首所用的时间忽略不计。

记述到收尾是诚挚的感谢，感谢大理大学文学院院长、云南省作家协会副主席、大理州作协主席纳张元，他是博士生导师，是朋友中最忙的人，是我最尊敬的大家。一个天天繁忙的人，还挤出时间给《百美宾川史诗》写出把握全面、思想深刻、评论精准的序言，给这部诗集添了光加了彩。

感谢著名诗人、一级作家、中国作家协会主席团委员、中国诗歌学会会长杨克和鲁迅文学奖获得者、著名诗人海男向读者推荐《百美宾川史诗》；感谢宾川唐军、张明洪、黄文英、康建洪、蒲国宏、李洪泰、张开红几位企业家，知道《百美宾川史诗》要出版就订购，给出版《百美宾川史诗》增添了力量。感谢摄影家吴斌袁提供封面鸡足山的图片，感谢杨宏毅老师老友在宣传其中一些内容上给予支持、加油。

2023年8月3日于大理下关